CUON韓国文学の名作

003

うわさの壁

李清俊
吉川凪 訳

소문의 벽

The『うわさの壁』is published by arrangement with K-Book Shinkokai.

This book is published with the support of
the Literature Translation Institute of Korea (LTI Korea).

目次

うわさの壁

いくら酔っていたとはいえ、あの晩、私がパク・チュンをためらいもなく下宿まで連れていったのには、何かそれなりの理由があったのだろう。なぜなら、あの晩パク・チュンが初めて私の前に現れるまで、私にとって彼は顔も名前も知らないあかの他人に過ぎなかったし、そんな彼がいくら奇怪な様子で私を驚かせようとしたところで、私は一日に何度も街や新聞紙面でそういった突発的な事件を見聞きしていたのだから。しかしその私がパク・チュンを自分の下宿に連れて帰り、一晩泊めたのだ。何か理由があったはずだ。しかし今、私はその理由が思い出せない。いったい、どうして彼を下宿にまで連れ帰ろうと思ったのか、納得できるだけの動機が思い浮かばない。

十日あまり前のことだ。おそらく夜中の十一時五十分ぐらいにはなっていただろう。そしてその晩も私はいつものように鼻の穴まで酒の臭いをぷんぷんさせながら、下宿に帰宅しようと千鳥足で路地を歩いていた。そんなふうに常に酔っぱらっていないと、私は仕事に耐えられなかった。それは雑誌社の仕事だ。雑誌作りというのは一見簡単なようでいて、ひどく難しく思える時も少なくなかった。心構え一つで簡単にも難しくもなるのが雑誌製作というものだ。この仕事は常に自分の創造力と、読者に対する責任が要求される。創造力を発揮しなければ、読者に対する責任も負わなくて済む。自分の創造力や読者に対する責任を放棄するなら、雑誌作りはそう難しいものではない。雑誌での創造力と責任はいつまでも完成されることはなく、また決して完成してはいけない性質のものだからだ。私について言えば、編集長としての責任を感じていたからか、雑誌作りをそれほど簡単に考えていたわけではない。編集長としての作業は、月初めに編集方針を決定し、さらにそれを修正する。そうして最終的に決定された方針に従って集められた原稿を効果的にまとめることだが、一方では自分自身の資質と能力の不足について失望し続けるプロセスでもあった。雑誌の仕事というものを、私はそれほど難しく、またそれだけに責任の伴う仕事であると理解していた。緊張せざるを得なかった。しかもそんなふうに緊張して仕事をしても、常に満足できる成果が得られるわけでもない。

我々の編集案は常に満足なものではなかったし、その満足ではない編集意図すら、書き手たちにきちんと納得させたうえで原稿を書いてもらうことができなかったせいだ。原稿をちゃんと書いてもらうのは至難の業だった。やっと書いてもらえたかと思ったら、これがまた、こちらの編集意図とはかけ離れた内容であることが大半だ。だがそんな原稿でさえ、頼み込まなければ書いてもらえないのだ。雑誌の責任だの何だのを論じる余裕もない。いつしか締め切りの日が迫る。ずっと以前から私の仕事は、その無意味な締め切りとの無意味な闘いに変質してしまっていた。それも一、二カ月ですんなり決着のつく戦いではない。一年十二カ月、同じ闘いが絶えまなく繰り返される。当初の緊張は、いらだちと諦めの中に力なく崩れ落ち、私は酒を飲まずにいられなかった。

——どうして、どいつもこいつもあんなに原稿を書きたがらないんだ。

そしてそんなふうに飲むと、私はいっそう深い虚脱状態に陥り、しまいにはその無意味な闘いを、もう終わりにしたいという思いが湧いてくる。

ここ数カ月というもの、仕事帰りの私はずっとそんなふうだった。その日ももちろん同じだった。会社を出るや、私は当然のごとく数軒の飲み屋をはしごし始め、そしてちょっと酔いが回ると、あの無意味な闘いや退職のことについて重苦しい思いを何度も巡らせた。そして十二時近くになったので、鼻孔から熟柿の匂いを漂わせながら、路地をふらふら歩いて下宿に向かっていた。

ところがその時、不意にパク・チュンが現れたのだ。私はもちろんその時点で、彼がパク・チュンだとは知らなかった。もっとも、彼が素直に自分はパク・チュンだと名乗ったところで、何者なのか理解できなかっただろう。一人の男がふいに路地の入り口に飛び出してきたかと思うと、いきなり私の服の背中をつかんで、哀願し始めた。

「お兄さん、すまないけど、ちょっと助けて下さい」

男の唐突な行動に、私はうろたえるしかなかった。しばらくの間はどうしていいか分からず、闇の中でじっと男を見つめていた。すると男はもどかしそうに、いっそう焦った口ぶりで、すがりついてきた。

「お兄さん、お願いです。そんなににらんでばかりいないで、僕を助けて下さい。僕は今、追われているんです」

早くどうにかしてくれと言わんばかりに私の腕を引っ張りすらした。だが私はまだ事情が呑み込めなかった。息を切らせ、あわてている様子からすると、男が今、誰かに追われていることだけは確かなように思えた。しかし、それだけでは何かしてやろうという気は起こらなかった。時間があまりにも遅かったし、男が誰に何のことで追われているのかも分からない。彼を追う足音も聞こえない。

「私にどうしろというんです。いったい、あなたは誰なんだ。どうしてこんな夜中に追われてるのかってことですよ」

私は酔いが次第に醒めてくるのを意識しながら、男から一歩退いた。しかし男は私に警戒する暇すら与えず、ずっとしがみついている。

「ああ、そんなの後で話しますから。まず、どこかにかくまって下さい。早く……お兄さんの家はこの近所なんでしょう……」

パク・チュンとは、つまりそうしてその晩、初めて会った。そして何の考えも対策もなく彼を下宿に連れ帰った経緯も、おおよそそういうことだった。どうしたことか、私はその時ふと、男をそれ以上問い詰める気がなくなってしまった。あきれた話だ。酔っていたとはいえ、自分でも納得がいかない。それは今も同じだ。その時私が、男の正体をそれ以上明らかにしようともせず、彼を下宿に案内することになったのには、何らかの理由や、自分なりに感じたところがあったはずだが、それがどうしても思い出せない。

しかしもう、私がいかにしてパク・チュンを下宿に連れて帰ることを思いついたのか、その理由は問わないでおくのが良いだろう。なぜなら、いくら酔ったあげくの行動だったとはいえ、そのことで何か被害を受けたわけでもないし、少なくとも今までのところは自分のそういった行動について後悔してはいないのだから。いや、私の側からだけ言うなら、その日のことはむしろそれがきっかけになって、今日の時代を生きる一人の男の精神の軌跡と秘密を私なりに理解できたし、無意味な混乱ばかり続いていた私の雑誌の仕事についても、ある種の解答を暗示してもらえた。だが今は、そんなふうにパク・チュンに出会った私のことではなく、パク・チュンについて語らなければならない。

まず、その夜のことを最後まで話してしまおう。その晩、男は部屋に入ってから、いっそう挙動不審だった。男は完全に頭がいかれていた。彼がほんとうに病気なのかどうか断定はできなかったとはいえ、ともかく男は、自分で狂っていると言ったのだ。最初はもちろん、細かい事情を話そうともしなかった。

「さあ、どうやらここが私の部屋らしいですよ。せっかくここまで来たんだから、事情でも話して下さい」

部屋に入るとすぐ、私は服を脱ぎ捨てながら尋ねた。しかし男は妙に黙り込んでしまって、私をぼんやり見つめるばかりだった。

「いったいあなたはどうして夜道で追いかけられていたんですか。どんな人に追いかけられてたんです」

同じことを何度も問い詰めた。それでも彼は相変わらず沈黙を守っていた。自分の正体や事件の経緯は最後まで明かさないと決心しているように、私の問いを無視した。服を脱ごうともせず、緊張した目つきで私の一挙一動をじっと見つめていた。ただ返事をしないだけでなく、部屋に入ってからは、むしろ男のほうが私のことを怪しんでいるような感じだった。逆に私を警戒しているように見えた。まだある恐怖から抜け出せないでいるか、その恐怖のために私の言葉が耳に入らないようでもあった。しばらくして、男はようやく口を開いた。

「僕は追われてたんじゃありません。さっき、ちょっと嘘をつきました」

そして男は、私があきれたり事情を尋ねたりする隙も与えず、断固とした口調でつけ加えた。

「僕、気違いなんです」

「え？　気違いって？」

私は突然頭の中が混乱して、やっとそれだけ言った。いったい、彼の言葉は、どちらを信じればいいのか、見当がつかない。しかし男は自分の異常さを強調するように、口もとに陰惨な微笑を浮かべていた。

「それなら、さっきどうして私に嘘をついたんです。誰かに追われているだなんて」

「だから、僕は気違いだって言ってるじゃないですか。でもさっき誰かが僕を追っていたというのを、嘘だとも言うこともできませんよ。あの時、ほんとうに誰かが僕を追っていたのかもしれないから。たぶん、追われてたんですよ。僕には分かります」

「何を言っているのか、さっぱり分かりませんね」

ほんとうだった。私は男の言動がちっとも理解できなかった。彼の言うことを真に受けることもできず、かと言って、まったく信じないでいることもできなかった。私は突然疲労を感じ、しばらくは、ただ彼を見つめてばかりいた。すると男も、もうこれ以上話したくないとでもいうように、再び口を堅く閉ざしてしまった。まったく正体不明の人間だった。しかしこの晩、男の正体が怪しかったのは、彼が自ら頭がおかしいと言い張り、あれこれと訳の分からないことを言いつのったからだけではない。実は、このことを先に話しておくべきだったのだろうが、怪しげというなら、彼の言うことや行動より、見てくれの方がよっぽど怪しかった。それは他でもなく、彼の顔のせいだった。私が彼の姿をはっきり見ることができたのは、もちろん彼を部屋に入れて電気をつけてからのことだ。その時、私は蛍光灯に照らし出された男の顔を見て、内心、ひどく驚いた。男は暗闇で見た時の印象よりも背が高く、そのせいでちょっと痩せて見える体格に、他人の服を借りて着たような、変な服装をしていた。上着の袖が少し短いようでもあり、またズボンがかなり太すぎるようでもあった。そのうえ男はワイシャツもネクタイもつけないでスーツの上着だけを着ていたから、ひどく滑稽に見えた。だが私が初めて男を見て驚いたのは、そんな服装のせいではない。服装など、彼が自分で言うように頭がおかしいからだと思えば、それまでだ。驚くべきは、顔だった。一見して、確かにどこかで一度会ったことがある気がしたのだ。ひとことで言うと、いささか粗野な感じのする口の形や、世のすべてが太陽に照らされていても、そこだけはいつまでも陰鬱な影が漂っていそうな落ちくぼんだ眼で特徴づけられる、そんな顔だった。ところが私はそんな顔を、以前にどこかで確かに見たような気がしていた。さらに、ある恐怖で瞳孔がひどく開いたような眼は、その大きな瞳のせいでいっそう落ちくぼんで見え、私の脳裏をもどかしげに刺激し始めた。

——どこで見たんだろう。あんな顔をしていたのは誰かな。

しかしそういった記憶は、最初の糸口がつかめないと、いくら考えても取り戻せないものだ。いや、焦れば焦るほど、いっそう深い忘却の底に沈んでしまう。

男の顔もそうだった。私は最後まで、その顔の記憶を引き出すことができなかった。だからといって、自分の正体について素直に言おうとしない男に、直接尋ねるわけにもいかない。互いに名を名乗れば簡単に糸口がつかめるような気もしたが、男の態度からすると、それでもすんなり聞き出せるとは思えなかった。酔いが醒めてしまったせいか、もう私自身も、何もかもが面倒になってきた。すべて明日の朝に回して、とにかく少し眠っておきたかった。私はしばらく男を眺めた後、やがて布団を敷き始めた。だが私は布団を敷いてからも、すぐにその中に潜りこむことができなかった。やはり男のことが気にかかった。男はまだ緊張している。緊張を解くどころか、まだ上着すら脱いでいない。布団を敷く間も、彼はただきょとんと突っ立っていた。まるでまだ窓の外から何かの足音が近づいていないか、あるいは誰かが天井や洋服だんすの片隅からこっそり自分を見ていないか、おそるおそる気配を探っているように見えた。とはいえ馬ではないから、立ったままでは眠れない。最後までそうして夜を明かすことはできないと思ったようだ。やがて男は私の注意が完全に自分から離れたのを知り、外にも怪しい気配がないのを確認すると、ようやく少し安心したように、そろそろと部屋の片隅で膝を立てて座った。しかし、それだけだった。くずおれるように尻をついて座ってからも、服を脱ごうとする様子はなかった。みじめったらしく部屋の隅に座り、また私のことを警戒し始めた。まるで彼の正体について私が新たに何か追及でもしないか、心配と恐怖に怯えているような表情で。しかし私はもうほんとうに、それ以上興味を持てなかった。酔いが醒めてくる時の脱力感を、それ以上こらえることができなかった。男の気分をちょっと楽にしてやりたい気もした。

――こいつ、まさかほんとうに狂ってるんじゃないだろうな？　それにしても、あんなふうに座ったまま夜を明かす気か？

なるべく楽観的になろうと努めた。

「どこでも……好きな所で寝なさいよ」

私は掛布団の端をめくってやり、そのまま一人で眠りこんでしまった。

ところがその晩は、そうして私が先に眠ってしまった後が、またおかしかった。率直に言うと、あの時私はこれといった理由もなく、妙に男が可哀想になり、それで最後には彼のそばで無謀と言ってよいほど簡単に寝てしまったのだが、やはり心の奥底では彼をすっかり信用していなかったらしい。眠ってから一時間もしないうちに、私は眼が覚めてしまった。男は眠っていた。時間があまり経っていないことからすると、私が眠るのを見てすぐ横になったのだろう。おかしいというのは、もちろんそのことではない。男は服を脱がないまま、布団の裾で窮屈そうに身体を曲げて寝ていたが、それもたいして変ではない。変だったのは、電気だ。彼は寝る時も、蛍光灯をつけっぱなしだった。もちろん私もやはり最初はそのことを特別気にしてはいなかった。男が電気を消し忘れたのだろうというぐらいに考えていた。しかし何時頃だか、私がまた眼を覚ますと、どういう訳か、さっき確かに消した蛍光灯が、また煌々《こうこう》とついていた。私が目を覚ましたのも、その明かりのせいだ。変だと思った。男の仕業に違いない。男はやはりさっきと同じように窮屈そうな姿勢で寝ていた。しかし蛍光灯をつけたのは、この男以外にあり得ない。いったい部屋の中で私と男以外の誰が、消したはずの電気を、またつけることができると言うのか。

そうして二人が交互に消したりつけたりする追いかけっこは、一度では済まなかった。この晩、私は確かに消しておいた電気が、いつの間にかまたついているという妖術に、その後二度も遭遇しなければならなかった。そして最後に私がその妖術のおかげで眼を覚ました時には明かりだけが部屋じゅうに広がっていて、一度も眼を覚まさなかったふりをして寝ていた男は、意外なことに姿を消していた。男はそんなふうに、朝早く私の部屋を逃げ出してしまった。

私はふと、男がほんとうに狂っているのかもしれないと思い始めた。

つまり私は結局その晩、男の正体について何も分からなかったわけだ。正体を知るどころか、気になることばかり増えた。男の名や、怪しい行動の原因を知ったのは、翌朝、病院を訪ねた時だ。

その日の朝、私は前夜のことを思い、また気分が悪くなってきた。すべては、酔った勢いで自分がしでかしたことには違いない。だが、酔っていたとはいえ、それをすべて酒のせいにして忘れることはできなかった。あきれながらも、男の挙動の一つ一つを何度も思い返した。男がほんとうに狂っているのかもしれないと、だんだん思い始めた。——あいつ、ほんとうに狂人だったのかもしれない。正気だったら、何も意地悪をしてあんなに人を驚かせる必要はないだろう。

まともな人間なら、あんなふうに夜道で人を驚かせるはずがないし、初対面で他人の下宿までついてきてつじつまの合わない怪しげな話を並べ立てる必要はない。それにあの奇妙な格好や、やたらに不安がっていた表情、それに夜、消したはずの電気を、こっそりまたつけていたこと。そのすべては、狂人の行動でなければ簡単に説明できない。

――しかしあいつがほんとうに狂人だとしたら、俺はいったいどうして、見た瞬間に見覚えがあると思ったのかな。

あの男が狂っているに違いないという思いは、次第に深まった。そう考えているうち、ある瞬間、もう一つの事実が脳裏をかすめた。私の下宿からそれほど遠くない山の中腹に、いつからか精神病院ができていた。私の脳が、その時になってようやくその記憶を引っ張り出したのだ。朝食を食べ終えると私は出社するより先に、その病院を訪ねようと山を登った。ところが病院に入るとすぐ、そこの患者が一人、昨夜病院を抜け出したことを受付で確認することができた。

「ええ、そうです。昨夜この病院から脱走した患者が一人います。真夜中十二時頃でした。その患者にお会いになったんですか」

受付の看護師は私が質問を終えもしないうちに、焦った声で事情をすべて打ち明けた。夜中の十二時過ぎに当番の警備員が裏庭に回ってみると、三階の病室の窓の鉄格子からベッドのシーツをねじって作った白い縄が庭に垂れていて、その病室の患者が一人、知らぬ間に姿を消していたということだった。後で聞いたところでは、その患者は病院の診察室に侵入して当直医の普段着をくすね、患者服を脱いで着替えて行ったことが分かり、病院ではいっそう騒ぎが大きくなったという。私は仰天した。しかし、看護師がその時そうやって逃げた患者の名前を教えてくれた時には、もっと驚いた。

朴濬一《パクチュンイル》。受付簿に、患者の名前がそう記されていた。その朴濬一が、まさにパク・チュンだ。いや朴濬一という名前を聞いた瞬間、前夜のあの男をパク・チュンだと断定してしまったのは私の直感によるものだが、それは疑う余地がなかった。

パク・チュン。そんな名の若い小説家がいた。一、二年前まで盛んに作品を発表していたその作家の本名が、朴濬一だった。世に知られたパク・チュンという名は、朴濬一から「一《イル》」を除いたペンネームだ。私はいつか彼の作品の中で、偶然そんな告白を読んだことがある。それは「私の名前について」という短いエッセイだったが、その中でパク・チュンは、次のように自分の名前を罵倒していた。私の本名は朴濬一だ。しかし私はいつからか自分の名前が三文字で、姓を除いた下の名前は二文字なのが、ひどく面倒に感じられ始めた。私程度の人間なら、朴という姓の下に濬という字一つあれば充分なのに、何のために一の字を加えたのか分からない……。姓一文字、名前二文字にするという慣習のためだろう。しかし私には、「一」の字がどうにも煩わしく思えた。少しおこがましいような気もした……。結局私は、名前から「一」を取り除いて濬の一文字だけにすることに決めた。朴濬《パクチュン》……すると、名前は非常に簡単ですっきりしたものになった……。

そんなふうに「パク・チュン」というペンネームの由来について述べたものだった。私は看護師が朴濬一という名前を口にした瞬間、ただちにパク・チュンのそのエッセイが思い浮かんだのだ。もっとも、その看護師から男の名前が朴濬一だと聞いただけで、そして偶然読んだパク・チュンという若い小説家の文章に、本名が朴濬一だと書いてあったのを覚えていたというだけで、ただちに両者が同一人物だと断定してしまったのは、少々軽率だと言えるかもしれない。しかしその時の私には、そんなことまで深く考える余裕がなかったし、考える必要もなかった。看護師が朴濬一という名を口にした瞬間、私には前夜からずっと気になっていた、どこかで見たことがあるような男の哀れな顔つきが、一瞬にして朴濬一という名前と重なってしまったのだ。前夜の男の顔は、時たま私が新聞の文化面などで写真を見たパク・チュン、どこかちょっと残酷そうに見える口と、憂鬱なほど落ちくぼんだ目をしたパク・チュンの顔に違いなかった。驚きだった。受付の前でぐずぐずしている場合ではなかった。担当医師に会って、もう少し詳しい話を聞きたかった。前夜気になったことはそれでほとんど解決したわけだが、奴がパク・チュンであることが明らかになった以上、また新たに気になることができた。だからといって、何も私が以前からパク・チュンと特別なつき合いがあったのではない。既にお気づきだろうが、つまり私はあの晩の出来事があるまでは、パク・チュンという男に一度も会ったことがなかった。新聞や雑誌で時折彼の文章や写真などを見たことはあったけれど、直接対面したのはあの晩が最初だ。それも翌日になってようやく彼の名前を聞いてようやく写真の顔を思い出したほどの、奇怪な初対面だった。つき合いなどあったはずがない。しかし具体的な交友関係はなくとも、パク・チュンと私を緊密に結びつけるだけの、別の事情があった。私は雑誌の編集者でありパク・チュンは作家だから、いつか私が原稿を依頼したり、彼が寄稿したりするかもしれない。彼と私は曖昧なようでいても、そのように互いに避けられない関係にあった。そのうえパク・チュンは、いつだったかうちの雑誌社に小説を送ってきたことがある。どういう訳だか文芸欄担当のアン（安）が掲載を保留していた（実際私は、そのために今までパク・チュンとの対面を、知らず知らずのうちに避けてきたのかもしれない）けれど、つまりパク・チュンはそんな点においても私とは無関係でいられなかった。私は彼のことが気になって仕方がなかった。どうしたことか、パク・チュンはこの一、二年間、ほとんど一篇も作品を発表していないが、そんな彼が突然あんなふうに精神に異常をきたしたことを知ってしまったから、いっそう気になった。医師に面会して詳しい話を聞きたかった。

しばらく後、私は看護師に案内されて、この病院の院長でありパク・チュンの主治医でもあったという医師に対面した。

「ああ、昨夜うちの患者がお宅で一晩お世話になったそうですね。突然のことで、さぞかしご迷惑だったでしょう」

看護師がキム（金）博士と呼ぶ医師は、最初のひとことからずいぶん丁寧で、信頼できそうな人物だった。中年過ぎと見受けられる年恰好、白髪交じりの髪、太いフレームの眼鏡越しに柔和な微笑をたたえた眼差し。そのすべてが絶妙に調和して、医師としての威厳を醸し出しているように見えた。

「私もだいたい想像がつきますが、あなたはあの患者と特に関係があったのではないでしょう？　たとえば、以前から互いに家を知っているほど親しかったとか……」

キム博士は既に知っている事実を確認するかのように、余裕のある口ぶりで尋ねてきた。自信に満ちた人でなければ真似のできない余裕だ。私は医師の雰囲気に、だんだん呑まれていくような気がした。

「もちろんです。私は昨夜家に帰る途中で初めて会ったんです。そして彼は朝早く家を出てしまったから、ここに来る前まで名前すら知りませんでした」

「そうでしょうね。名前など聞いたところで答えなかったでしょうし」

キム博士は満足そうにうなずいて見せた。

「実はうちの病院でも、まだあの患者の名前や住所などは、ちゃんと聞き出せないでいるんです」

しかし私はその言葉にすんなり納得できなかった。

「さっき私はこの病院の受付簿で患者の名前を見ましたけど」

「さて。実はそれがよく分からないのです」

キム博士は、やはり泰然としている。

「あの患者の病状のせいでもあるでしょうが、正直に話したことがないんですよ。特に自分のことは必死で隠そうとするんです。さりげなく嘘をついたり、あるいは完全に黙り込んでしまったり……」

「いったい、どういう病状だったんですか」

「今申し上げたとおりです。まあ、いわば陳述恐怖症だとでも言えるでしょうか。自分のことをまったく話したがらないんです。そして訳もなく不安がって人を恐れていました。医者である私のことまで」

「だとしても、病院で患者の名前すらちゃんと把握できていないというのは変じゃないですか。入院した当初に保護者から話を聞いたでしょう?」

私は受付簿に記された患者の名が嘘ではないということを知っていた。少なくとも私にとって、それは、もう確かな事実だった。しかしなぜか、それを医師に告げたくなかった。もう少しキム博士にしゃべらせてみたい。キム博士も追及されて不愉快だとは思っていないようだ。

「さあ。それが、そうでもないんです。実はあの患者がこの病院に入院することになったのも、通常の手続きを踏んだうえでのことではなかったので……」

キム博士はここで、ちょっとためらった。しかし私の真剣な表情をちらりと見ると、考え直したように、「知りたいならお話ししましょう」と、また話を続けた。

ある日の夕方。当直だったキム博士が早めに夕食を済ませて一人で診察室にいると、若い男がいきなりドアを開けて入ってきた。そいつはどうやって診察室に侵入したのか、後で聞いたところでは、警備員も受付にいた職員もまったく気づかなかったらしい。ところがその男は部屋に入るとすぐ博士に、自分の頭を診てくれと言った。どう考えても自分は発狂したみたいだから病院に来たと。

「それでも私はまだ何とも思わずに、看護師を呼ぼうとしました。いつもそうですが、特にそんな時間には患者を診察室にいきなり入れたりはしないのでね……」

ところがどうしたことか、その男はあっと驚いて、どうか他の人を呼ばないでくれと言った。自分はこれまで誰にも会わないでこっそり診察室に来た、何より他の人が側にいるのはいやだ。

「私はようやく、事情がある程度呑み込めました。うちの病院に来る患者はたいていそんなふうに風変わりな人ばかりですから。とにかく診察を始めました……」

キム博士はここでまた言葉を切り、もう名前を聞けなかった事情が少しは理解できるかというふうに私を見た。しかし私はまだ話が呑み込めなかった。私は沈黙を続けることによって話の続きを促した。するとキム博士は仕方なさそうに、また話し出した。

「診察の最初の段階で臨床心理検査をしてみると、患者の状態は実に特異なものでした。まったく話をしたがらない、陳述拒否症があったのです。そしてさっき言ったように、ひどく不安がったり、自分の考えを嘘にまぎらわして、ごまかそうとしたりしていました。それでいて、とにかく自分の頭が変なのは間違いないと言い張るんですからね。いや、嘘をついたり不安がったりするのも、自分の頭が変だと認めさせるために、わざとしているようでした。我々も、患者の名前や住所を聞かなかったのではありません。でも後で保護者に連絡してみると、それもすべて嘘でした。その住所にそんな人はいなかったのです。患者にもう一度ほんとうのことを教えろと言っても、なかなか答えません。それに患者の所持品の中には、身分証明になるようなものがありませんでした。昨夜まで、そんな状態だったんです」

私はここでまた、医師にパク・チュンの名前のことを教えてやりたくなった。医師の説明は充分納得できる。だが患者の名が朴濬一であることも、やはり間違いない。住所が偽物だったとしても、名前は朴濬一であるはずだ。しかし私は今度も教えてやらなかった。それよりも先に、確かめておきたいことがあった。

「それなら先生はどうして、そんなふうに付き添いもなく一人で突然やって来た人を診察して、さらに入院までさせたんですか」

「私は医者ですから。それに、ここは病院じゃないですか」

「つまり患者は自分の足で歩いてきて世話になった病院を、また自分の足で飛び出したということですね。どんな理由があったんでしょう。それに、敢えてそんなふうに嘘をついてまで正体を隠し、不安がる理由があったんでしょうか」

私は立て続けに尋ねた。医師の返答もまた秩序整然として、自信に満ち溢れたものだった。

「言ってみれば、それがあの患者の症状の一つなのでしょう。すべてが、自分は狂っているると思い、狂っているからどういうふうに行動をしなければならないという、そうした強迫観念から来た行動だったということです」

「実際には狂っていない、ということですか」

「この病院には、本物の精神分裂症の患者がたくさんいます。その人たちこそ、みんな病院を抜け出したがっています。チャンスさえ与えれば昨夜のようなことは、いくらでも起こりえますよ。しかしあの患者のケースは違うのです。ほんとうに狂っているからではなく、狂ったように見せたがるという症状でした。いわば、そんな神経症の一種ですね。だからこそ私は脱出までするとは思わず、実際に精神病を持つ人たちとは違う部屋に入れたんですよ」

「彼は狂っていないと断言できますか」

「もう一度申し上げますが、私は医者です。そしてほんとうに狂った人は、自分が狂っているとは言わないものです。狂った人は通常、自分は絶対に狂っていないと言い張ります。あの患者の場合は逆じゃないですか。自ら狂っていると言う人は、狂ってはいません。あの患者はただ自分が狂っていると信じ、そう思いたいだけなのです。そしてそれがまさにあの患者の神経症の症状だと言えるでしょう」

「実に奇妙ですね。それならあの患者は、いったいどうしてそんな症状が出たのでしょう。先生のお話だと、まるで彼が狂人のふりをしたがっていたように聞こえますが」

私はパク・チュンが昨夜も何の理由もなく、消したはずの電気を何度も必死でつけていたことを思い出しながら、熱心に質問を浴びせ続けた。しかしキム博士はもう話を切り上げたいような顔だった。外来の患者が来たという看護師の伝言があったからだ。

「もちろんそうも考えられます。それに私が調べようとしたのも、まさにそのことだったんです。しかしもう、患者は逃げてしまったのだから、今更そんなことを気にする必要はないでしょう」

「あと一つだけ教えて下さい。あの患者がほんとうにそんなふうに狂人の真似をしたがっていただけだとしたら、またこの病院に来るでしょうか」

私は、厚かましくもキム博士の仕事を邪魔しているという思いから、申し訳なさそうな口調で聞いた。しかしキム博士ももうこれ以上、そんな話で時間を奪われたくないというように、立ち上がりながら答えた。
「おそらく来ないでしょう。あの患者が、自分がほんとうに狂っていると認めてもらいたくてここに来たのだとすれば、少なくともそれを私に認めさせることには失敗したのですから。もうすべて終わったことです」

私が会社に着いた時は、もう正午を過ぎていた。皆は昼食を取りに出かけていて、部屋はがらんとしていた。出勤が普段よりずっと遅れたにもかかわらず、私はすぐ仕事に手をつける気にはならなかった。いつものように締め切りが目前に迫っていたし、依頼した原稿はいつになったら集まるのかちっとも分からない。それなのに、そんなことは一つとして頭に入らなかった。まだパク・チュンのことが気がかりだった。率直にいうと私は、昨夜から気になっていたことを一挙に解決してしまうつもりで病院を訪ねたのだ。そして病院ではそんな私の当初の疑問に、かなり確かな回答を与えてくれたようでもある。しかし病院を出る頃には、昨夜の男がまさにパク・チュンという若い小説家だったということと、彼の症状が、彼自身が言うように頭がおかしくなったという程度ではないということが分かっただけで、疑問はむしろ増えていくばかりだった。それなら、パク・チュンはどうしてあんなふうに狂人の真似をしたがるのだろう。このところ作品も発表していない彼が、何のためにそんな芝居を打つようになり、後には自分から訪ねていった病院まで、あんなふうに逃げ出してしまったのだろう。そして嘘ばかりつき、理由もなく不安がって震えながら他人を恐れることが彼のほんとうの症状であるならば、その原因はどこにあるのか。キム博士は、パク・チュンに関しては、もうすべて終わりだ、これ以上パク・チュンのために悩む必要はないと言った。しかし私は、パク・チュンのことをそう簡単に忘れることはできなかった。私の中で、パク・チュンはまだ終わっていなかった。私はパク・チュンの事件から何か深い暗示のようなものを感じていた。パク・チュンが少し前まではかなり多くの人々の興味を引いていた若い作家であり、その彼がどういう訳かこの一、二年間まったく作品を発表せず、突然あんな格好で現れたことによって、私の予感はいやおうなく深まっていった。だが、いずれも予感に過ぎなかった。パク・チュンの動機がどういうものであったのか、そしてそこから私がどんな暗示を感じ取っていたのかについて、確かに言えることは何一つなかった。

私はただぼんやりと椅子に座り、男の顔をどこで見たのか思い出せなくてもどかしかった昨夜と同じように、再び曖昧な予感ばかりを追いかけていた。そして知らず知らずのうちにひどく緊張していた。一つやっておきたいことが、あるにはあった。わが社にたまたま保管されているパク・チュンの小説を読むことだ。実のところ、私はパク・チュンという名前をよく耳にしていただけで実際に作品を読んだことはあまりなかったから、彼が何をどういうふうに書いていたのか知らなかった。小説を読めば、何かヒントがつかめるような気がした。まず読んでみたかった。しかし私はすぐにそれを読むことはできなかった。パク・チュンの小説は私の机ではなく、机二つを間に挟んだ所にあるアンの机の引き出しの奥深く保管されているからだ。文芸欄担当のアンが原稿を入れている引き出しは、いつもきっちりと鍵がかかっていた。もちろん、どうしてもその小説が見たいと言えば、見られないことはない。合鍵を使えば開けることもできる。だがやはりそんなことはしたくはなかった。パク・チュンの小説がそんなふうにアンの引き出しの中に保管されているには、それなりの事情があったからだ。

結局、私は日が暮れかかるまで仕事に手をつけず、そうしてただ座っていた。何とか気を取り直して仕事を始めようとしても、すぐにパク・チュンのことで頭がいっぱいになった。ある暗示のようなものが、しきりに私を苦しめていた。私なりにパク・チュンのことを整理してみなければ、他のことが手に着かない気がした。それなのに、何をどうすればいいのかすら思い浮かばず、ぼんやり座っていた。しかし、ずっとそうしてもいられない。退社時間が近づいた頃、私はようやくある決心をした。まず、パク・チュンの最近の動向なりともちょっと調べてみようと思ったのだ。

「パク・チュンって若い作家がいるでしょう」

私はちょうど席に戻ったアンに、おそるおそる尋ねた。

アンは自らも評論家であり、また文芸欄担当だけに、文壇の動静には詳しいだろうと思ったからだ。

「ひょっとして、最近そいつがどうしているか、聞いたことはありませんか」

ところがどうしたことか、パク・チュンのことに関しては、アンも消息を知らないようだった。

「さあ……最近はまったく聞きませんねえ……。どうしてまた突然、パク・チュンの消息が気になるんです？」

かえって私の質問を訝しく思っているようだ。私はそんなアンの顔を見て、彼の前でそれ以上パク・チュンの話をするのはやめようと思った。小説をお蔵入りにしたことについて何か言われるのではないかと神経を逆立てる態度が癪に障った。だが私ももう、決心していた。アンに配慮するあまり、自分の疑問に蓋をするようなことはできない。

私は答える代わりに、電話を引きずってきて他の雑誌社の友人数人を呼び出した。そうしてパク・チュンの消息を尋ねた。だが彼らもまた、パク・チュンの消息については知らなかった。誰に聞いても満足な答えは返ってこない。

「よく知らないねえ……お前が知らないのに、俺が知るもんか。それにあいつ、もともと人づき合いもあまりなかったみたいだ」

「さあ、最近は小説もあまり書かないし、消息を知っている人はいないと思うな」

どうやら、すぐに確認できそうになかった。どの辺に住んでいるか知らないかと聞いても、やはりよく分からないと皆が言った。

「実は、そいつが最近、狂ったみたいでね……。だからちょっと調べてみたかったんだ……頭がおかしくなった……。いや、奇行というんじゃなくって、ほんとうの病人ってことだ」

私は腹が立ってわざとそんなふうに大声を上げたりした。するとようやく相手は、

「へええ、あいつが狂ったって？」

ようやく驚く素振りを見せた。

「あいつはどうも、大げさなことを言う癖があるからなあ」

たいていはそんなふうに、パク・チュンの狂態を仮病だと言って済ませてしまおうとする。妙なことだ。パク・チュンが狂ったということを、誰も本気にしようとはしない。誰もが仮病だろうと言って済ませてしまいたがっているようだった。それがいっそう私の思いを強くさせた。そういえばキム博士もパク・チュンはほんとうに狂ったのではないと言ったし、私自身も、どうしてあいつがあんな嘘をつきたがるのか、変だと思ったりはしていた。だがそれよりもっと妙なのは、私が電話で話しているのを横で聞いていたアンの反応だった。頬杖をついてじっと耳を澄ませていたアンは、私が受話器を下ろすやいなや、

「おや、パク・チュンは頭が変になったんですか」と、初めて興味を示した。

「あいつの作品の主人公は、いつもそんなふうに仮病を使うけど、今度は自分でその主人公の仮病を真似たんじゃないですかね」

不思議なことに、友人たちと同じようなことを言い出すではないか。アンはもちろん、パク・チュンがよく狂人を小説の主人公にしていたことを、そんなふうに表現しただけなのかもしれない。おそらく彼の口調からするとそれは事実なのだろう。しかし私は何よりも、パク・チュンの病状を信じようとしないような言い方が不愉快だった。

「パク・チュンが狂ったふりをしているのなら、それは実際に狂ったより、もっと変なことじゃないですか。どうしてそんな真似をするようになったのか、理由を知っているとでも言うんですか」

ぶっきらぼうに言い放ち、再び一人で考え込んだ。

――誰もパク・チュンが狂ったことを信じようとしないな。パク・チュンが狂っているというのは、やはり事実ではないのだ。それならパク・チュンは、いったい何のために病気のふりをしたがるのだろう。

退社時間まで、それればかり考えていた。そしてアンが机を整理し始めた時、ようやくあわてでまた尋ねた。

「アンさん、いつかあのパク・チュンが小説を一篇送ってきたことがあるでしょう。あれ、まだ送り返さないで持っていますか」

表情からすると、アンは私が今日に限ってパク・チュンのことばかり探ろうとするのが、ひどく不満らしい。

「はい、私のところでまだ保管してますが……今月号にあの小説を載せろとでも言うんですか?」

妙に投げやりな言い方をした。

しかし私はそんなアンの気分をいちいち気にしている余裕はなかった。

「それはともかくとして……どんな話なのか、ちょっと読みたいんでね」

パク・チュンの作品を渡すよう、思い切って要求した。

「それから、今、その小説の原稿料をもらってきてくれませんか」

小説の原稿料も退社前にもらってくるように言った。原稿料をもらってこいと言ったのは、その後の消息を聞くことも兼ねて、会社帰りにパク・チュンの家を一度訪ねてみようと思ったからだ。アンはようやく、私の要求を拒絶することはできないと思ったらしい。ついにパク・チュンの原稿を出して、席を立ってしまった。ともかく、うまくいったと思った。私はその場でパク・チュンの原稿を読み始めた。「奇妙な癖」という小説のストーリーは、おおよそこんなふうだ。

……小説の主人公である〈彼〉には幼い頃から奇妙な癖が一つあった。大人に叱られそうなことがあったりすると、〈彼〉は怯えて、よく物置のような所に隠れて眠ったふりをした。叱られそうな時だけではなく、恥ずかしいことや困ったことがあっても同じだった。大人たちは〈彼〉が姿を消してしまうと、いつも、あいつまた何かしでかしたなと推測し、家の中を捜して彼を見つけると、その推測がはずれていたことはほとんどなかった。そんなふうに寝たふりをしているだけなら、まだよかった。その格好がまた、怪しかった。それは寝たふりというより、死人のふりだった。首と手足を見苦しくだらりと垂らし、誰かが近づいても〈彼〉はまったく呼吸音を立てていなかった。他の人が〈彼〉の体を動かそうとしてみても、死んだように反応しなかった。誰かが動かしても、されるがままになっていた。〈彼〉はそんないたずらのせいで、いっそうひどく叱られた。それなのに、叱られてもその癖はなかなか直らない。しまいに、その癖が友達との遊びにまで発展した。所構わずのけぞって倒れ、「俺は死んだ」と息をしばらく止めてしまって友達を恐怖に陥れた。

やがて〈彼〉は小学校に入学し、卒業すると今度は中学校に通ったが、その癖だけは相変わらず直そうとしない。〈彼〉のその奇妙な癖は、年を取るとともにいっそう身につき、完璧になっていった。〈彼〉が高校を卒業して大学生になる頃には、それが一つの休息法にまで発展した。〈彼〉は家や学校で何か困ったことがあると、いつも小さく真っ暗な自分の部屋にこもり、何時間でもそんな仮死状態で休息を取った。暗澹《あんたん》とした気分になった時も、興奮したり、緊張したりする時もそうした。〈彼〉は驚くほど長く息を止めていられるようになり、そうして息を止めている間に自分がほんとうに死んでしまったのかどうかも分からないほど、平気になった。しかしそれは〈彼〉が息をしていないのではなく、胸と腹を揺らさず鼻先でのみ、ほんの少しずつそっと空気を吸うことに肉体が慣れたからだ。変なのは、〈彼〉がそうして息を止めて横たわり、自分はほんとうに死人になっていると考え始めると、この上もなく心が安らかになるということだ。それは一種の自己催眠とでもいうべきものだが、ともかく彼がそう思い込んでしまうと、どんなに切迫した急用ができても急用のような気がせず、不快なことも、それ以上不快には感じなくなるという。いや、そんな仮死状態では、切実なことも不快なこともあるはずがなかった。そうした考え自体が、呼吸を失った肉体の中で一緒に死んでしまうからだ。これ以上完璧な休息の方法はあり得ない。幼い時の癖は、いまやそんな休息の方法にまで発展していた。

そんな〈彼〉が大学を卒業し、結婚した後の話だ。結婚すると生活や身の回りが以前よりずっと複雑になり、その分だけ困ったことも増えるのは当然だった。したがって彼は緊張や疲労をいっそう頻繁に感じ、その都度それから逃げ出すため頻繁に仮死状態で眠らなければならなくなった。時間もいっそう長くなってゆき、仮死状態が一日中続くこともあった。〈彼〉の妻は腹が立って仕方なかった。とうてい理解できない。理解できないだけに、みっともないと思い、ぞっとした。あんなざまを見るくらいなら、いっそ別れた方がましだ。そんなある日、妻は夫の非常識な習慣を、それ以上耐える必要がなくなってしまった。もちろん離婚する必要もない。〈彼〉の習慣に、とうとう支障が生じたのだ。支障が生じたのか、わざとそうしたのかはついに分からずじまいだったが、ともかくこの日も〈彼〉は外で何かあったのか、ひどく気分を害して帰ってくると、例によって仮死状態を始めた。

「そんなにいつも死んでいたいなら、いっそ一度ほんとうに死んでみたらいいのに」

〈彼〉が仮死状態を始めた時、妻が何気なくそんな独り言をつぶやいた。ところが、〈彼〉はそれきり、永遠に目覚めることがなかった……。

小説を読み終えると、私はちょっと面食らっていた。ストーリーが期待外れだったとでもいうか、ともかく私はパク・チュンの小説が、まったく突拍子もないものだと感じていた。小説の作意も分からなかった。もちろん、彼の今回の事件について暗示しているようなところが、まったくないわけではない。しかし作家自身の事情について知らなかったり、あるいはざっと読んだりしただけでは、その中にどんな暗示が隠れているのか、そしてそれが何を言わんとしているのかを読み取ることは難しかった。

しかし私が迷ったのは、小説の内容のせいだけではない。それよりも分からなかったのは、アンの態度だ。私が小説を読み終えたのは、もちろんアンが帰宅した後だ。帰ったのはアンだけではなく、会社には雑用係の少年一人が残っているだけで、私を待つ人はいない。アンがもらってきた原稿料の封筒が机の上に置かれているのが目についた。するとと私は唐突に、アンの態度が気になってきた。彼がパク・チュンの小説を絶対に掲載しようとしなかった理由が分からない。小説を読んでみると、アンが何を思ったのか、いっそう見当がつかなくなった。

——いったいアンは、この小説のどこが気に入らなくて必死で掲載を保留してきたのだろう。

どうにも不思議で仕方なかった。小説の内容が期待外れだったということより、あの程度の内容の小説を、これまで掲載しないでいるアンの態度が、私をさらに当惑させた。もっとも、アンがパク・チュンの小説にあれほど低い評価を与えていたことに関して、改めてどうこう言っても気まずいことになるかもしれない。私は何度もアンからあれこれ弁明を聞かされていたし、それでもまだ一度もすんなり納得できたことはなかった。私がこの小説をアンの引き出しから簡単に出せないのには事情があると言ったのも、まさにそのためだ。

　パク・チュンの小説には、そうした複雑な事情や窮屈な立場がからみあっていた。では、ここでちょっと時間を巻き戻して、わが社がどうしてパク・チュンの小説を受け取ることになったのか、そしてなぜ長い間、掲載しないままでいたのか、その経緯と事情を説明したほうが良いだろう。しかしその前に、私の職業上の苦労話を一つしておかなければならない。なぜなら私は今、自分がパク・チュンに興味を持ち始めたきっかけが、実は彼の小説だったかもしれないという気がしているのだが、その小説を受け取って保管することになった経緯こそ、雑誌編集者と書き手の微妙な関係の一端を、そして編集方針決定から実際に原稿が書かれ活字となって読者の手に渡るまでの過程で、ある記事や作品が編集責任者の立場を困難に陥れる場合があるということを、うまく説明してくれると思われるからだ。すなわち、雑誌作りにおける私の苦労は、まさに編集者と書き手との間の微妙な葛藤に端を発していると言える。

　では私は、編集者と書き手との関係をどう考えているのか。編集者と書き手の関係とは、簡単に言えば、原稿を書かせようとする人と書く人との関係だ。しかしここで、いくつかの前提をつけ加えなければならない。書かせる側にとっても書く側にとっても、この関係は常に条件付きのものだからだ。原稿を依頼する編集者は、雑誌側で設定した編集方針を最大限に生かしてくれそうな人に依頼するし、依頼される側も、雑誌社が提示する原稿依頼の意図をすんなり受け入れられるか、あるいは自分の書きたいことが認められ、雑誌側の意図と多少違っても許される時のみ、執筆を承諾する。結局、編集者も書き手もある意図を持っており、それが相手を通して実現する可能性があると思える場合か、少なくとも相手の意図を容認できる場合にのみ、編集者と書き手の関係が成立する。

それなら、編集者と書き手の関係を、こう表現することもできるだろう。雑誌の編集者と書き手は、方法こそ違え、同意のもとに、ある共通の理念に共同で奉仕する人々だ。いや、厳密に言えば、両者はその方法においてすら大きな違いはない。編集者も書き手も根本的な意味では自己陳述を生業としている人たちであり、編集も執筆も、自己陳述から始まるものだからだ。もともと作家（作家と言ってこそ、意味が明確になる）というものは世の中に向けて絶えず何らかの自己陳述をする義務があると自任している人たちだが、雑誌の編集者もやはり、常に誠実な自己陳述（編集案がそれに当たるのではないか）を続けていかなければならないという点で、作家と似ている。ただ、書き手（あるいは作家）は、その陳述を小説などの直接的な方法で行うのに対し、編集者は間接的に実現するという点、そして書き手に一次的な陳述を要求する権利を持つという点では違う。しかし、そうして実現された書き手と編集者の陳述が雑誌の中で一つになることを考えれば、陳述方法に大きな差はないと言える。しかしこのように共通の理念に奉仕し、作業方法が異なるとはいえ互いに切っても切れないはずの書き手と編集者の関係は、実は言葉で言うほど簡単ではない。編集者の意図を書き手がそのまま受け入れることは、なかなかないからだ。いや、編集者の意図が明確であればあるほど、簡単に納得できなくなるのは当然のことだ。もっとも当節は作家たちが雑誌に寄稿したがらないし、書いてくれる作家たちも編集者の意図や自己陳述の欲望など最初から気にしていないから、そんなこともたいした問題ではないのかもしれない。

しかしちゃんとした雑誌を作ろうとするなら、書き手と編集者の関係はやはり無視できない。そして書き手と編集者の関係が難しければ難しいほど、苦労するのはたいてい編集者の側だ。編集者がいくら誠実に準備しても、書いてくれる人はなかなか見つからない。それはまだいいとして、もっと困るのは、書き手が見つかっても、その人が編集側の意図に沿って書こうとしない場合だ。いや、逆に、ある人が書いたものの意図を、どんな理由であれ、雑誌側で受け入れられないことも多い。問題になるのは、そういう場合だ。私の苦労、そして編集者と書き手の間に生じる葛藤は、まさにそれが原因であるし、パク・チュンのケースもそうだ。

では、もうここからは、パク・チュンの小説について語ってもいいだろう。それによって編集者と書き手の間の微妙な関係の一面を浮き彫りにできるだろうし、私が以前からパク・チュンという人間に対してどういう興味を持っているかも、詳しく説明できるはずだ。だからといって、パク・チュンの場合、すべてが書き手と編集者の関係性においてのみ説明できるというのでは、もちろんない。彼はまず小説家であるし、我々が彼の原稿を受け取った経緯も、他とはちょっと違っていた。とはいえ我々とパク・チュンも、編集者と書き手の関係であることには違いない。彼の小説に端を発する葛藤も、ひとまずそういう関係性の中で説明できる。

いつだったか、そのパク・チュンが、こちらから依頼もしていないのに、小説を一篇郵送してきた。もちろんうちの雑誌に発表したいということだ。それはおそらく、パク・チュンが文壇に出て二、三年間精力的な執筆活動をした後、どういうわけだか彼の名前がだんだん見られなくなってきた頃だったと思う。ある日、彼の小説がわが社に突然舞い込んできたのだ。私は前々から彼に小説を頼みたいと考えてはいた。しかし、なかなか書いてもらえないだろうと思ったし、また文芸担当のアンが渋い顔をしていたために、何となく後回しにしていたところだった。そこに思いがけず作品が転がり込んできたのだから、これ幸いと、その月に掲載するつもりでアンに作品を渡した。誰宛てに送られたものであれ、それは文芸担当者の所管である以上、ひとまずアンが検討しなければならなかったし、掲載するかどうかについての最初の決定権も彼にあるからだ。ところがその時、アンはパク・チュンの小説を読むと、

「これは駄目ですね。そのまま載せたら、無用なトラブルが起きそうです。保留にしておいて、後でまた検討しましょう」

どうしたことか、すぐに決定を下してしまった。

「どうして？　出来が悪いんですか？」

「いや、まあ、出来が悪いというより……」

「よっぽどのことでなければ、掲載しましょうよ。うちの雑誌で、パク・チュン氏の小説は初めてじゃないですか」

「さあ。まあ、そうですけど……やはり、もう少し考えてみるほうがいいでしょう」

最後まで譲る気配はなかった。

彼が言いそうなことだった。アンは時折、そんなふうに我を通した。アンは自らも文学を勉強しており、時々、他の雑誌に評論を発表している。それなのに、妙に文学関係の書き手に対して気難しいところがあった。詳しいことは分からないが、自分の好みや文学理念に合わない同業者には誌面を割こうとしないらしい。社外でも、そううわささ れていた。ひょっとしたら、彼自身が文学の徒であるからこそ、いっそう厳しいのかもしれない。しかし私はアンのそんな態度が許せなかった。作家と編集者の文学的な主張が異なる場合に、編集者がそれほどまでに徹底して自分の考えを押し通す権利があるだろうか。こう言うと、さっき編集者と書き手について述べたことと矛盾しているように見えるかもしれない。しかし私はアンに関しては、やはり編集者の権利を少し差し控えるべきだと思っていた。アンの担当は文芸欄で、うちの雑誌は総合誌だからだ。これはもちろん、文芸欄だからといって編集者の取捨選択なしに、かき集めた原稿を何でも詰め込んでいいという意味ではない。文芸欄の原稿にも編集の意図が介入しなければならないし、書き手や原稿の取捨選択が必要なのは言うまでもない。だが、文芸欄が雑誌の他の誌面と違うのも事実だ。書き手の選択や原稿を依頼する過程からして、編集者が介入する余地が他の誌面の原稿より少ない。そもそも文芸欄の原稿においては、編集者の主張や書き手の選択よりも、原稿に込められた書き手（この場合は、たいてい作家）の創作意図やその成果のほうが重要なはずだからだ。編集者の意図は、その原稿を雑誌の中で処理する過程や方法において、いくらでも実現できる。度量が大きければ、当初の編集方針を損なわずにそうした原稿を処理することはできた。少なくとも私はそう考えていた。

ところがアンはまったくそんな度量を見せず、好きではない作家には最初から書く機会を与えなかった。そして、なぜかパク・チュンも以前からアンにとって好ましくない作家の一人だったらしく、パク・チュンの小説が最も注目を浴びていた時も、原稿を依頼しようとはしなかった。アンが、送りつけられたパク・チュンの小説に対して即座に保留を決めてしまったことには、そんなことが影響していたはずだ。もちろんアンは、「無用なトラブル」を避けるためだと弁明していた。それは作品の内容がいささか過激で、書き手や編集者が思いがけずトラブルに巻き込まれることを憂慮したからかもしれない。あるいは、世間は何の関心もないのに自分たちだけで興奮するような、論争好きの文芸評論家たちを刺激するかもしれないという、文学徒らしい良心から出た言葉かもしれない。しかしこれまでの態度や外でのうわさからすると、アンがそうした意味で言ったとは思えなかった。ただ自分の好みに合わない作品を握りつぶそうとしているように、私には映った。編集者の良識からすると容認しがたい。文芸欄編集者にしてはひどく偏狭なアンの態度に、私は疑問を抱いた。

しかし私とて、そう言うアンにそれ以上干渉することはできず、彼の処分に任せる他はなかった。弁解するようだが、小説の原稿に関する最初の決定権はアンにあったし、私は一つの部署に対して少なくともそれぐらいの独立性と権利を保障してやるのが、編集長の責任だと思っていたからだ。そして誰であれ、それぐらいの独立性が保障されてこそ、部署の担当者としての責任を実感できるだろうと信じていた。

ともかくパク・チュンの小説はそうして不幸にも引き出しの中で昼寝をすることになったのだが、実を言えば、その昼寝は最初のひと月だけで終わらなかった。アンは、どうしたことか、翌月になっても、やはりパク・チュンの小説に関心を示さなかった。

「どうです、今月号にはパク・チュン氏の作品を掲載しますか」

さりげなく尋ねてみると、

「さあ、もうちょっと考えてみます」

答えは相変わらずだった。いや、アンは大胆にも、パク・チュンの小説をその一、二カ月だけでなく、ほとんど半年近くそうして引き出しの中に寝かせていた。そしてある日、ついにパク・チュンから一通の抗議文が寄せられた。原稿を送りつけてきた時と同じく、それは郵便で送られてきた。それも何か勘づいたのか、アンを差し置いて、私宛てに送られてきたのだ。いったいあなた方はどうして人の小説を受け取っておきながら、うんともすんとも言わないのだ。そんな偏見を持った人たちが、どうして雑誌などやっているのだと、詰問するような調子だった。こちらの態度が気に入らないのも当然ではあったが、まだ面識もないわりには、ひどくぶしつけだった。しかし私はそうした侮辱的な非難にも、腹が立たなかった。いきなり罵倒してかかる彼に、むしろ好感を持った。ぶしつけな性格も、どこか理解できる気がした。末尾の脅迫めいた文章に至っては、不思議なことに、ほろ苦い共感まで感じたほどだ。

好きなようにしなさい。載せてももらえない原稿を、どうして取りにこないのかと言うでしょうね。でもあなたがたがそんなふうに僕の原稿にけち臭い偏見を持っているなら（内容に恐れを抱いたとしても同じです）、原稿を取り戻したところで、どこに行っても、もう少し良心的な雑誌編集者に出会うことはできないのでしょう。雑誌なんて、どれも似たり寄ったりです。それは、あなたたち雑誌屋の方がよく知っているはずです。勝手にしなさい。

怒ったのは、アンのほうだった。

「こいつ、ほんとうにどうしようもない奴だな。来るなら来いってんだ。脅されたからって、載せてやらんぞ……。さあ、こっちもそれなりの考えがあって掲載しないでいるのに、何だと、恥ずべき偏見？」

　まるで、偏見ではなく、ほんとうに掲載できないような事情があるみたいに腹を立ててパク・チュンを罵った。そして、どうすべきかと議論することもなく、さらに数カ月過ぎてしまった。その間に聞こえてきたうわさでは、どこかの酒の席でパク・チュンが、今度はアンにすがりつくように哀願したというが、それは信じられないし確認もできない話だった。それが事実であれ嘘であれ、その頃からはよその雑誌でもパク・チュンの小説はほとんど見られなくなり、彼の小説がいったいどんなものなのか、一度原稿でも読んでみたいと思いながら、私もまたいつもあれこれ用事ができて先延ばしにしていたところだった。そこに、とうとう今度の事件が起こったのだ。我々がパク・チュンの小説を受け取って保管することになった経緯や事情は、だいたいそんなところだ。編集者と書き手の関係としては、最悪のケースだと言わざるを得ない。

　しかしその小説を読んだ今となっては、あの程度の内容の小説を最後まで冷淡に扱っていたアンの態度が、今更のように私に疑問を抱かせ、当惑させた。

会社を出た時には、かなり暗くなりかけていた。私はいったん通りに出て、しばらく当てもなく人混みのなかに巻き込まれていた。しばらくうろついてから、ようやく自分の行き先を意識し始めた。目隠しされた馬のように、私の足は勝手に進んでいた。私は下宿に向かっているのではなかった。もちろんパク・チュンの家に向かっているのでもなかった。実のところ私は今日の夕方、パク・チュンの家に一度行ってみようと思い、アンがもらってきてくれたパク・チュンの原稿料をポケットに突っ込んで会社を出た。しかしもう時間が遅すぎるし、そんなに急ぐ必要もない。それに、住所だけでは家を探すのは難しいようにも思えた。何よりパク・チュンのことをひどく気にしている自分が滑稽だった。何の根拠もなく予感のようなものに追い立てられている自分が、そしてその予感のせいで子供のように夢中になっている自分が、街に出てからはひどく恥ずかしくなっていた。

読んだところで、つまらない狂人の話ですよ。存在論的な立場から見て、彼の人間観はひどく偏狭であったり、エゴイスティックであったりという欠点があるんです。それに意味もなく頭がおかしくなった芝居までしたりして……大げさなんですよ。

原稿を渡してくれる時、アンが独り言のようにつぶやいた言葉には、明らかに私がパク・チュンに興味を持っていることを非難する調子がこもっていた。それは警告のようにも聞こえた。何よりその言葉が、私をいっそう気恥ずかしくさせたようだ。私はまず自分の考えを整理しないといけないと思った。

私の足は、いつもどおり飲み屋街に向かっていた。

しかし飲み屋に入ってからも、私はやはりパク・チュンに対する興味を捨てることができなかった。落ち着いて考え直しても興味は薄れない。すぐにまたある予感が押し寄せ、得体の知れない焦りで身体がうずうずした。結局、飲み屋でも長居はできなかった。時間は少し早かったけれど、もう下宿に帰るしかない。私は店を出た。そしてまっすぐ家に向かうためにタクシーを拾った。しかし、ここからが問題だった。どうしたことか、この日の夜、私の予定は何もかも狂うことになっていたらしい。家では、実に思いがけないことが起こっていた。私の部屋で、昨夜の男、あのパク・チュンが、いつからか私を待っていたのだ。それも昨夜みたいに道端で偶然会って飛び込んできたのではなく、今度は主のいない部屋にこっそり忍び込んで私を驚かせた。最初はもちろん、そんなことが起こっていようとは想像していなかった。車を降り、ふらふらと下宿に帰ったのは十時頃だったろうか。それなりに酔ってぼんやりしながら、何も考えずにドアを開けて中に入ろうとすると、部屋の中の空気が、どうも尋常でない気がした。しかし、何かあるはずもないと思って電気のスイッチをつけようとした時だ。背後で再び何かの気配がして振り向くと、ああ、誰かが私の方を向いて立っているではないか。その瞬間、私は髪の毛が逆立ち、酔いが一気に醒めるのを感じた。いや、正確に言えば私はその時、そんなふうに秩序整然と驚くような余裕すらなかった。とっさに電気をつけた。そしてもう一度、仰天した。明かりの中に姿を現したのは、まさにパク・チュンだった。

奇妙なことだ。いったい、パク・チュンとは何者なのだ。どうして彼が再び私の部屋を訪れることになったのだろう。私は狐につままれた気分だった。しかしパク・チュンは私の動揺など気にもかけていない。もちろん、どうしてまた私の所に来たのか、事情などを話そうとする様子も見えない。彼はなぜか自分の靴を持って部屋に入っていたが、まだその靴を両手に一つずつ持っていて、突然光を放ち始めた蛍光灯がまぶしいらしく、その靴で光をさえぎろうとしていた。そうしている時のパク・チュンは、まるでずっと同じ部屋で寝起きしていた仲間を迎えるかのように平然としており、なぜか私のことをひどく信頼しているように思えた。

「パクさんですね。よく来てくれました。私は今朝、パクさんが何も言わずに出ていったから、すごく心配してたんですよ」

ようやく気持ちを落ち着けてから、ようやくパク・チュンに話しかけた。彼の心中を察しつつ、なだめるような口調で静かに話した。だがパク・チュンは私が注意深く話し始めたのに、なぜかすぐに眼つきが変になってきた。平穏だった顔に突然不安が満ち、私をじっと見た。私の言葉に何か不審を抱いたらしい。私も、すぐに気づいた。私はミスを犯していた。彼をパクさんと呼んだのが失敗だった。パク・チュンは自分の正体について何もかも隠そうとすると、キム博士は言っていた。昨夜も名前すら告げなかったのに、私はいきなりパクさんと呼んでしまったのだ。私なりに、親しみを持ってもらおうとしてのことだったが、パク・チュンがその失敗に気づいてしまったわけだ。しかし言ってしまったことに対して弁明するのは、むしろ良くないかもしれない。

「ああ、私が今日、パクさんの病院に行った話をまずしなければいけませんね。私は今朝、パクさんが家を出ていってしまったのを知ってから、パクさんの病院を訪ねていったんです。ひょっとしたらあっちに戻っているのではないかと思って。でも病院に戻らなかったようですね」

私は彼の名がパク・チュンであること、彼が病院にいたこと、そしてその他にもパク・チュンの正体に関しては何でも知っているみたいに、ゆっくり語り始めた。私はもう、パク・チュンと共にもう一晩、自分の部屋で過ごすことはできないと思っていたからだ。キム博士は、パク・チュンはほんとうに狂っているのではないと言っていた。彼はただ自分が狂っていると思い、またそう信じたがっているだけだと。私自身ももちろんキム博士の言葉を疑ってはいなかった。どうして彼がそんなふうに自分を狂人であると信じたかったのか、どうしてそんなに狂人の真似をしたがるのか、一日中それを考えてきたのも事実だ。しかしいざパク・チュンを前にしてみると、彼がほんとうに狂っていようが、真似をしているだけであろうが、私にはほとんど違いがなかった。どうしてそんな真似をするのかと尋ねたところで、納得できるような答えは返ってこないだろう。それならむしろ、私が彼の狂気を真に受けているふりをするのがいいかもしれない。彼はキム博士に自分が狂っていると思わせようとして失敗し、病院を飛び出してきたというではないか。彼をほんとうに狂人として扱ってやるのが、かえっていいのではないか……。この日の夜は、何としてでもパク・チュンを、ほんとうの狂人のように病院に連れてゆくつもりだった。パク・チュンのためにも私自身のためにも、それがいいと思った。

「パクさんが帰ってこないから、病院は大騒ぎでしたよ。パクさんが戻るのを待って夜を明かしたそうです。それはそうでしょう。あの人たち、以前からパクさんのことをひどく心配していたんですから。パクさんだってそうでしょう。パクさんは頭がひどくぼんやりしているようにお見受けしますが、そんな人がこうして病院を抜け出して歩くなんて、とんでもないことじゃないですか。だから私は、パクさんを今晩も泊めてあげたいのはやまやまだけど、そうしてはいけないと思います。病院では今もパクさんの帰りを待って、夜も寝ないでいるんですから。さあ、どうしますか」

私はほんとうに狂人を相手にしているような錯覚に陥りながら、じっくりと言い聞かせた。他のやり方ではパク・チュンを説得することができそうになかったからだ。しかし、それで効果は充分に得られた。話し始めてから、パク・チュンの表情がさっきよりもさらに不安を増していた。私が彼をほんとうに狂人だと信じているような言い方に、いくらか安心しているようにも見えたけれど、それも一瞬のことだった。話し続ける間、パク・チュンの不安は次第に強い警戒心のようなものに代わり、そしてその警戒心が、さらにある種の恐怖になりつつあった。そして私が話し終える頃には、異常なほど意気消沈していた。とにかく、幸いだった。彼はもう恐怖を隠すことができず、私が言うことには素直に従いそうな気配がはっきりと見えた。

「さあ、それではあまり遅くならないうちに病院に帰りなさい。一人では帰りづらいだろうから、私が一緒に行ってあげますよ」

私は改めて威圧的な態度を取り、命令するようにパク・チュンを促した。そして、しょげて黙り込んだ彼を、部屋から引きずり出すようにして、病院に向かった。

「おや、健気にも、またあなたの所を訪ねていったのですね」

そういう巡り合わせだったのか、病院ではちょうどキム博士がまた当直医として残っていた。彼は突然入ってきた我々を見て、ひどく驚いた様子だった。しかし時間が遅かったせいか、パク・チュンに対し、すぐに何らかの措置を取ろうとはせず、我々を目の前にしても、これといった話はしなかった。宿直の看護師に向かって、空いている病室があれば今晩はひとまずそこにパク・チュンを寝かせてやれと言っただけで、パク・チュンに対してそれ以上関心を示さなかった。見ようによっては、怒っているようでもあった。パク・チュンもまた、病院に入ってからは、私の下宿にいた時よりもっと意気消沈していた。彼は哀れなほど周りの人の顔色を窺っていたが、キム博士の指示が出ると、もうほんとうにすべてを断念したように、素直に看護師の後についていった。

「しょげてるのが、まるで捕まった脱獄囚ですね」

パク・チュンの後ろ姿を見送った後、ようやく私が口を開いた。キム博士の気分がどこか沈んで見えるので、わざと冗談めかして言った。するとキム博士も、もう仕方ないと思ったようだ。事情はともあれ、わざわざ自分の病院の患者を連れてきてくれた人に対して、ずっと黙ってばかりもいられなかったのだろう。やがて彼の口もとに、かすかな微笑が浮かび始めた。

「ところでここに来るのに、患者はおとなしく従いましたか？」

煙草を勧めながら、改まった口調で聞く。私はもちろんそんなキム博士の問いを避ける理由がなかった。キム博士からはまだパク・チュンについて聞きたいことがいくらでもある。

「おとなしくなかったら連れてこられませんよ。病院の話が出ると、最初はひどくぶすっとしていましたが、実際には反抗しようとはしませんでしたね。すぐしょげてしまって、不思議なぐらいおとなしくなりました」

私はそう答えてから、今度は私の方から質問することを考えていた。だがひとたび話し始めたキム博士は、私が何か聞く前に、また質問を続けた。

「しかし〈老《ノ》兄《ヒョン》〉（男性同士で親しくない相手に対する呼称）は、どうしてあの患者をもう一度ここに連れてくることを思いついたんです？　保護者も住所も分からない患者を。私たちがあの患者を歓迎すると思ったんですか」

さっきは〈あなた〉だったのに、〈老兄〉と呼び方を変えたキム博士は、笑いもせずに私の方を見た。私はその質問がちょっと変だと思ったけれど、気づかないふりをしているしかなかった。

「もちろんです。当然、歓迎するだろうと思いました」

「それは、どうして？」

「ここは病院じゃないですか。そして、先生はお医者さんだからです」

私は今朝キム博士が二度も言ったことを真似して答えた。するとキム博士もようやくそれに気づいたのか、失笑した。そして質問を中断し、しばらく私を見ていた。今度は私がキム博士に言った。

「でも、そんなふうにお尋ねになるぐらいだから、ひょっとして今夜の私の行動に、不適切な点でもあったんでしょうか」

しかしキム博士はこの時、私の想像とはいささか違うことを考えていたらしい。いや、さっきから彼が憂鬱になっていた原因も、実は私の想像とはかけ離れていたものだったようだ。

「いいえ。老兄の行動は百パーセント正解です。それに、こんなふうに言ったからといって、あの患者がこの病院に戻るのを歓迎していないということでは、決してないのです。でも老兄が今晩あんなふうに患者を連れてきたのは、やはり、ちょっとまずかったかもしれません」

何か他のことを言いたいようだ。

「それは、どうして？」

今度も私はキム博士がさっき言った言葉をそのまま真似した。

「患者がおとなしく言うことを聞いたとはいっても、さっきのあの顔を見ましたか？ひどくがっかりした表情だったでしょう。それはいわば、老兄に対する失望、いやもう少し正確に言うと、老兄に対する、ある種の怨みのようなものでした。ここにまた連れてこられたことに対する怨み……」

「……」

「まだ詳しいことを聞いていないからよく分かりませんが、私の推測ではおそらくあの患者は、昨夜老兄に対して安心できるものを感じていたから、今日また訪ねていったのでしょう。それなのに、老兄は彼をすぐここに連れてきたのです」

「ではやはり私が彼を連れてきたのが失敗だったんですね」

「いいえ。ここはやはり病院ですから。病院は、いやでも来なければいけない所です。私が言いたいのは彼が病院に来るのを、あまりいやがらないようにして連れてこられなかったのかということです。それだけです。そして実は私自身も、どうすればそれが可能になったのかは、よく分かりません」

キム博士は今や、むしろ私を慰労していた。しかし私はキム博士が考えているように、パク・チュンを病院に連れ戻したことを後悔しているのではなかった。知りたいことが頭の中に次々と浮かんだ。

「それならあいつは、私のどういうところに安心できたんでしょうか」

「あの患者はいつも自分の正体を隠したがっていたから、それを根掘り葉掘り聞き出そうとする人にはいつも警戒し、恐れるのです。老兄はおそらく、そうはしなかったんじゃないですか。あの患者は誰に対してもひどい被害妄想を持っていて、それが不信感や、自分のことを話そうとしない拒否症状のようなものに変わっていき、最後にはやたらと嘘までつくようになったのです。病室にいても、誰かに捕まるのではないかと恐れているみたいにぶるぶる震えているのを見ると、理解していただけるはずです。率直に申し上げて、あの患者がわざわざ狂人のふりをしたがるのも、実はまさにそういう、自分の本性を隠すための自己防衛であると考えられます。つまり彼の持っている妙な不安感や秘密は、他の人たちが自分を狂人であると信じてくれれば楽になるのです。老兄に対してある種の安心を感じたのは、そういうことでしょう」

「それでは、昨夜も彼は、間違いなく誰かに追われていると言っていましたが、あれもただ強迫症のせいだったんでしょうか」

私はキム博士の言うことが事実かもしれないと思いながら、真剣に質問し続けた。

「昨夜は病院を抜け出したから、そんな強迫症がいっそう具体化していたはずです。ほんとうに誰かに追いかけられているみたいに。でもそれももちろん、とっさに思いついた言い訳に過ぎなかったのでしょう。彼は他の時にも、いつも誰かに追われていると思っていましたからね」

「どうしてそんなに不安になったんでしょうか」

しかしキム博士はここまで来ると、やや自信がなさそうだった。しばらくためらった末、回答にも弁明にも聞こえるようなことを言った。

「さあ。それがまさに患者の意識の深層に隠れている病因の正体ですが、それを見つけるのは簡単ではありません。患者があんなふうに精神科的な診断面接に答えようとしないのだから。しかしこの患者の場合、その不安の要因から出発して、もう自分の病識をわざわざ誇張したがるところまで症状が発展しているのは間違いありませんね」

パク・チュンは何があんなに不安なのか。パク・チュンを追うその不安な影の正体は何なのか、そして何のためにパク・チュンはそれほど自分の病識を自ら誇張したがるのか。そうしたことは、キム博士にも分からないらしい。

しかしこの晩、私とキム博士の話はそれで終わらなかった。キム博士が答えに詰まるのを見ると、私は話題を変え、その時になってようやく自分がパク・チュンをずっと以前から知っている（もちろん名前だけではあったが）こと、そして朴濬一という患者の正体は、キム博士も名前を知っているだろうと思われる、パク・チュンという若い小説家であることを白状した。そして私はいつでもパク・チュンの家を訪ねていく用意があり、彼の家族と連絡がつくまでは、自分が臨時保護者になってもいいと申し出た。キム博士が言った。

「どうりで、今朝から老兄が妙に興味を持っているなと思っていました」

どうか頼もしい保護者になっていただきたいと言って、キム博士はひとしきり愉快そうに大笑いした。それからは実際に患者の保護者に面会しているみたいに、パク・チュンの症状とこれまでの経緯について一つ一つまた説明し始めた。キム博士はまず、パク・チュンの病状がほんとうの精神異常ではないという点を再び強調し、ほんとうの狂人とノイローゼ患者の違いをこう説明した。彼によると私たちが今、パク・チュンに見ている不安神経症や強迫神経症のようなノイローゼ症状は、俗にいう狂人のそれとはまったく違うものだそうだ。精神分裂症患者は何らかのショックなどによって意識作用全体が秩序を失ってしまうものだが、ノイローゼ患者はある一定の事物に対する反応や思考の過程で自分を克服できない（キム博士はそれを精神作用ではなく感情の調和が失われたものだと言った）だけで、それ以外はまったく普通の人と違うところがないという。ノイローゼ患者はたいてい、過去に経験したある衝撃的な事件やその事件の記憶、あるいはショックはそれほどでもなくても日常的に繰り返し経験するつらい緊張感のようなものを感じているものだ。ノイローゼとは、そんなさまざまなことが患者の意識の奥深く根を下ろし、何かのきっかけでひどい精神的葛藤を起こし始め、しまいにはひどい不安に陥る現象である。ノイローゼ患者の中には頭痛や腹痛など身体的な症状が現れる者もいるが、それも実は解剖学的な病状ではなく、この精神的葛藤に起因する疑似症状に過ぎない。つまりノイローゼ患者の場合は、その葛藤の原因になっている精神的な要因を探し、その秘密を明らかにして葛藤を解消させてやれば、腹痛であれ視力減退であれ、それが原因になって現れていた症状も自然に消えてしまう。ともかくノイローゼと精神病は、そんなふうに原因が違うという説明だった。そしてノイローゼはただ部分的な人格障害に過ぎないから、その障害の要因を探し、患者を納得させればそれで済む。パク・チュンの場合ももちろん同じだと言った。しかしキム博士は、パク・チュンの場合、彼の意識の深層に潜んでいる葛藤の原因を探すことはなかなか難しいという。

「絶対に自分のことを話そうとしないじゃないですか。それはあの患者がこの病院に初めて来たときからそうでした」

キム博士の話は、再びパク・チュンのことに戻った。

「自ら進んで入院したくせに、最初から医師の指示にはまったく従おうとしないんですよ。どんなふうだったかと言えば、あれは、私があの患者を引き受けた最初の日でした。私は患者に、昔あったことを、思い出せる限りしゃべってみろと言いました。基礎的な臨床心理検査を始めようとしたのです。ところが患者は最初のひとことを聞いただけで私を警戒し、眼に敵意を浮かべて口をつぐんでしまいました。初日から診断面接に失敗してしまったんです。後で分かったことですが、この患者は、たまに口を開いても、言うことがことごとく嘘なんですよ。臨床心理検査はそれ以外にもいろいろな方法があるけれど、どんなやり方をしても同じでした。私をだますために、ほんとうの狂人の真似までして見せるんですからね。あなたは精神異常ではない、異常だと思い込んでいるだけだと、ただそう思いたがっているだけだと、いくら言ってやっても無駄でした。どういう症状なのか、何日か経過を観察してみるしかなかったのです。そうしているうちに、昨夜あんなことが起こってしまいました」

「おや、これはまた奇妙なノイローゼがあるものですねえ」

私は実に奇妙だと思った。

「しかし、それほど奇妙ということもありません。ノイローゼ患者は、たいてい治療の過程である程度はそういう抵抗を見せるものです。患者自身の抵抗ではなく、その病因の抵抗ですね。この患者の場合は、最初から程度がちょっとひどかっただけです」

「抵抗がそんなにひどいのに、わざわざそんな面接や自己陳述だけで彼を治療する必要があるんですか」

対話は再び最初のように、私が質問を浴びせてキム博士が答える形で続けられた。しかしキム博士は、この上もなく自信に溢れていた。

「彼の症状がまさにノイローゼですから。ノイローゼには、さっきも申し上げたとおり、それが最も効果的な治療法です。もちろん場合によっては、薬物療法やショック療法のような他の治療法が行われることも、なくはありません。でも私が最も信用していて、しかも効果を期待できるのは、やはり患者自身の精神分析的な認識を通じて抵抗因子を解消する方法です」

すなわちパク・チュンの陳述恐怖症と、自己陳述を通じてその症状の原因を探り解消させようとするキム博士の治療方法は、互いに背反しているわけだ。残忍なアイロニーだった。

「では先生は、これからもパク・チュン氏に自己陳述を強いるおつもりですか」

「もちろん、そうしなければ。私の診断と処方に失敗の記録を残したくはありませんからね。少なくとも医者なら自分の診断結果について、それぐらいの自信と責任を持つべきではありませんか」

「でも、ちょっと残酷な感じがします」

「残酷でも仕方ありません。結果さえ良ければ、方法は合理的だと判断されるものです」

「結果さえ良ければ……。しかし、そうしているうちに、ひょっとして陳述を得る前に患者がほんとうに発狂してしまうのではないですか。昨日今日の行動だけ見ていても、私のような門外漢には、ほんとうの狂人とほとんど違わないように思えます」

「そんなふうに見えたことでしょう。ノイローゼという病気は、症状がひどくなると精神病の初期症状と似てきますから。ひどい躁鬱病や恐怖症のようなものは、医者も時々混同することがあります。そして時にはノイローゼがほんとうに精神分裂症に転移するケースもあるでしょう。しかしこの患者の場合は心配ないと思います。同じ鬱病や恐怖症でも、精神科的なものとノイローゼ性のものは、まったく違いますから。患者の精神力を診たり、脳波計で脳活動を検査したりすれば、すぐに区別できるのです」

「ずいぶん自信がおありなんですね」

キム博士は、自信に満ちていた。

「病院や医者は、そういうことのために存在するのです」

「でも、病気の原因を探るのに、わざわざそんなに残酷なことをしなくてもいいんじゃないですか」

私はあまりにも自信たっぷりなキム博士の話し方が、だんだん鼻についてきた。

「さっき申し上げたようにパク・チュンは小説を書いていました。ひょっとして彼の小説からそういう手がかりを探せないでしょうか?」

それとなく抗議した。だがキム博士は、ゆっくりと首を横に振った。

「そんなことまでする必要はありません。多少の助けにはなるかもしれませんが、小説は、もともと作り話でしょう?」

「作り話だとしても、小説家にはそれが彼の現実の全部なんです。現実に経験したことを書いたかもしれないじゃないですか」

しかしキム博士はやはり首を横に振った。

「患者の陳述を通じて秘密を探し出すのは、医師の好奇心のためではないことを理解して下さい。これはどこまでも治療行為です。患者に自己陳述を続けさせること、それ自体が一種の治療行為なのです。患者の秘密は、患者自身の口から語られなければなりません。そして私は、いつか必ず語ってくれると信じています」

彼は確信に満ちた顔で断言した。

「どうです、小説は面白かったですか？」

翌朝、出社するとすぐ、アンは待ち構えていたかのように、自分の方から私に聞いてきた。パク・チュンの小説を私に見せたことが、まだ気になっていたらしい。曖昧な微笑を浮かべた顔が、何か弁明したがっているように見えた。私は、いいきっかけだと思った。それでなくともパク・チュンの小説のことで、もう一度アンと話をしたかったところだ。

「ええ。とても面白いと思いましたよ」

散らかった机の上を片付けながら、やや大げさに答えた。そしてざっと片付け終えるとパク・チュンの小説を持ち出し、アンの席に近づきながら話を続けた。

「でもアンさんがどうしてあんなに気に入らなかったのかは、よく分かりませんでした」

思わずぶっきらぼうな言い方をしてしまった。アンは私のそんな口調に驚いたのか、しばらく口をつぐんで何も答えなかった。曖昧な微笑だけを眼もとに浮かべていた。私は言葉を継いだ。

「もちろん私は小説については門外漢だから、読み違えているかもしれません。それにあの小説がどういう流派や傾向に属すものなのかも、私にはよく分かりません。でもとにかくあの小説がとても面白かったのは事実です。どうしてアンさんがあんなふうに処理したのか、理解に苦しみます」

するとは今度はアンも自尊心が傷ついたように、いきなり私の言葉をさえぎった。

「私はパク・チュンの小説が面白くないと言った覚えはありません。ただ、無用なトラブルを起こしたくないから、もう少し時間を置いて検討しようと言っただけです」

「私は、その無用なトラブルというのも理解できなかったんですよ。これも私の思い違いかもしれないけれど、私はあの小説がアンさんの文学理念に傷をつけるとも思えないし、たとえ文学的な主張や態度に違う点があったとしても、容認できないというほどの要素は探せなかったものですから」

「小説をずいぶん丁寧にお読みになったようですね。しかし私はちょっと考えが違います。もちろん、ある特定の文学理念や態度のようなものと関連づけて掲載を保留したのではないけれど」

「考えが違うとは」

私はアンを問い詰めた。すると彼もかなり頭に来たらしく、話がくどくどと長くなってきた。要するにパク・チュンの小説は、善良な読者をだましているというのがアンの解釈だった。パク・チュンの小説では、主人公である〈彼〉が、ともすれば眠ったまま、あるいは息をせずに死んだふりをする。そしてその癖は年を取るにつれて奇妙な休息法に発展し、結局は主人公を死に至らせる。だがこの小説の場合、主人公の癖は、単に奇妙なだけの〈癖〉ではあり得ない。絶対に単純な癖ではない。癖とは、世に生きる人間であれば誰でも心の内に秘めているかもしれない秘密、人間性のある不可思議な一面だが、この主人公の癖はただ単に人間性のある不可思議な秘密としてではなく、現実から目を背け、誠実な生存への愛を放棄した悲しい習性として非難されるべきだった。そしてそれが非難されるべき悲しい習性であると確認させるために、パク・チュンは、主人公をその悪癖の中に逃避させた現実的で具体的な圧迫要因を語るべきだったという。

「なぜなら、我々にとって重要なのは、我々自身の中に潜んでいる、ある秘められた性質を発見した驚きではなく、そんな性質と現実の間にある生存の方程式から、より明確な解答を得ることなのです。強調すべきだったのはその秘密に出合った驚きではなく、主人公に悲しい癖を選ぶよう強要した現実の圧迫要因だったのです。それなのにその要因についてはほとんど語らず、癖だけを繰り返し強調し、その癖に自ら驚くことにより、パク・チュンは読者の興味をとんでもないところに誘導してしまいました。読者をだましたのですよ」

言われてみると、アンの主張はなかなかもっともらしかった。なるほど、私がパク・

チュンの小説を読みながら最も興味を引かれたのは、まさにその主人公の奇妙な習性だったし、またパク・チュンの思考との関連においても、そこで最も深い暗示を受けたのは事実だ。しかしアンの話を聞くと、パク・チュンの小説にはそんな欠点があるような気もしてきた。私はアンの話に、少なからず驚いていた。しかし私が驚いたのは、必ずしもアンの話によってパク・チュンの欠点を知ったからだけではない。私が小説を読み誤ったと気づいたからでもない。アンが何を言おうとも、私は自分が読み間違えていたとは思わなかった。私が驚いたのは、パク・チュンの小説には私の読んだもの以外に、また別のストーリーがあったことに気づいたからだ。今、アンが言ったことがまさにそれだ。一篇の小説から、そんなふうに二つの物語を読み取ることができるのだろうか。いや、読む人によって一つの物語が二つにも三つにもなり得るというのは、ひょっとすると当然のことかもしれない。私がパク・チュンの小説の中で、人間性のある秘密と出合って驚いたとすれば、アンはまた彼なりに、その物語をある生存の方程式の上で当為論的に解釈してみることもできたのだろう。それは仕方のないことだ。だがアンはどうしてあんなに長い間、自分の解釈だけを信じることができたのだろうか。どうしてあんなに人の解釈を容認できなかったのだろう。驚いたのはそのことだ。しかし私はもうわざわざアンの前で、私にとってパク・チュンの小説は、充分に完成していると主張する気はなかった。むしろアンの解釈に沿ったうえで、パク・チュンを弁護したかった。私は、パク・チュンは絶対に読者をだましていたのではないと言った。現実的な圧迫要因がまったく無視されていたわけでもないし、読者は彼の奇妙な癖に必ずしも共感しないだろう。話の最後に登場した主人公の妻は、主人公を仮死の眠りに逃避させるすべての現実要因を象徴しているように見えるし、それ以上の雑多な説明は、彼女の持ち得る象徴性や暗示の効果をかえって減少させるだけではないかと言った。しかしアンは、やはり首を横に振った。

「主人公の妻が？　そう言えば、パク・チュンもそんな意図で彼女を登場させたようにも見えますね。でも、それは見当違いです。主人公の妻をそんな意味にとらえるのは、主人公の癖があまりにも強調されているので、無理な解釈だと思います。彼女の存在は、無意味な自己中心主義と自分の幻想に酔った主人公を、よりいっそうくだらない、大げさに騒ぎたてる男に見せただけです」

「それならこの小説を掲載した時に起こり得るトラブルとは、いったいどういうものなのです。アンさんの言うとおりであれば、トラブルも何も、最初から起こりようがないでしょう。作品自体に何かを語らせることができていないのなら」

仕方なかった。私は話題をまた最初に戻す他はなかった。しかしアンは、さらに自信を深めていた。

「そうですね。作品自体が素材の解釈に失敗していたというのは、もちろん私も同感です。でもトラブルといえば、未完成の作品を掲載することほど無意味なトラブルがありますか？　出来の悪い作品を上手に称賛する奴らが、また必ず騒ぎ出すでしょうから」

アンは本心を話していないように見えた。特に〈トラブル〉と言う時、彼は妙な微笑まで浮かべていた。

「アンさんはどうも偏見が過ぎるようです。その人たちには、パク・チュンの小説が、また違ったやり方で完成されているように見えるかもしれないじゃないですか。それなのにアンさんは、最後まで他人の解釈を受け入れようとはしないのだから」

「偏見と言われても構いません。私はこの時代の要求を、そんなふうに考えています。

実のところ、私はあの小説が完成されているかどうかなど、どうでもよかったんです。私にとっては素材の解釈だけが問題でした。作家がある素材に出合ってそれを解釈する方法は、その作家が自分の時代の良心をどれほど理解しているかによって決定されるものだと思うからです。パク・チュンの小説は、その点で私の期待に反していました。私がパク・チュンの小説が充分に完成されていないというのは、そういう点においてです」

アンの話は結局、パク・チュンの小説は、個人の無意味な内面的秘密に読者の興味を引くことによって時代の要求に背き、そうすることで素材の解釈にも、作品を完成させることにも失敗しているということだった。パク・チュンが現代の作家である以上、彼は絶対に時代の良心の最も優先的な要求に背いてはいけないし、それを度外視したすべての創作行為は過酷に非難されて当然だというふうな言い方だった。いわば、それがアンの時代観であるらしい。

「それもやはりアンさんの偏見じゃないですか。すべての作家が時代の要求や圧力を自分と同じぐらい受け入れるべきだと固執したり、あるいはそれを同じように受け入れている場合でも、ある一定の方法の中でのみその時代精神を貫くことができると考えたりしているのなら。パク・チュンの小説があんなふうに書かれているからといって、あの小説が時代にまったく背いているとは言えないのではありませんか」

私はもう笑うしかなかった。笑いながら冗談めかして話を続けた。するとアンもやはり冗談めかして笑いながら答えた。

「どうやら私をひどい偏執狂に仕立てないと気が済まないようですね。しかし、それぐらいの偏見にでも固執できるのは、むしろ勇気と言うべきではないですか」

「それを勇気だと言うなら、それっぽっちの勇気すら持てない雑誌編集者がいるとでも言うんですか」

「それっぽっちの勇気だなんて。それを勇気と認めたがらないところを見ると、ほんとうに卑怯な編集者を見たことがないんでしょう。作品や作家には共感しながらも、トラブルが怖くて掲載したがらない編集者を」

話が少し脱線した。だがアンは今度こそは自信のある話題に移ったというように、意気揚々としてきた。私もまた、この新しい話題には興味があった。

「つまり、トラブルを恐れて、作品を受け取りながら掲載しない雑誌も実際にあるということですか」

「ありますとも。トラブルを恐れて掲載しないのなら、むしろ同情の余地があります。もっと悪質なのは、自分たちの趣味や偏屈さのせいで掲載しないのに、まるでうわさやトラブルが怖くて掲載しないみたいに誇張して書き手を脅迫しようとする詐欺師たちです。私なんか、自分の偏屈さを正直に認める勇気を褒めてもらいたいぐらいですよ」

意外だった。うわさを聞いたことはある。しかし、ほんとうにそんな事情で原稿を掲載しない雑誌社があるというのは、初めて聞く話だった。

「パク・チュンにもそんなことがあったのですか。うちの雑誌以外にも、パク・チュンの小説がそういう事情で掲載されなかったことがあるんでしょうか」

私は突然、好奇心にかられてアンを問い詰めた。アンの答えは、さらに意外なものだった。

「今、私が言ったことは、必ずしもパク・チュンの小説に限った話ではありませんが、パク・チュンにもそんなことがありましたよ。あのRとかいう季刊誌にパク・チュンの小説が連載されていたのが、途中で中止になったじゃないですか。聞いた話では全部書き終えていたというのに、一、二回連載して、中断してしまったんですよ」

これも初耳だった。いつかパク・チュンの小説がR誌に連載されたのは知っていたけれど、それが中断したことは初めて知った。

「あの連載は中断したんですか。理由は何だったんです」

私は再び自分の声が緊張しているのを感じ始めていた。しかしアンの答えは明快だった。

「小説の内容がちょっと問題だったそうです」

「どんな内容だったんですか」

「私も全部読んでないから分かりません。でも内容が問題な訳はないでしょう。連載を始める時には、もう全部検討済みだったはずじゃないですか。勇気がなかったんですよ」

「勇気……」

「あるいはさっき言ったように、R誌の奴らのいたずらがちょっとひどかったのかもしれません。ほら、よくある手じゃないですか。掲載するのがいやになれば、とんでもないうわさを振りまき、まるでそれを恐れているかのようなふりをして作家に耳打ちして、連載が中断されても文句が言えないように気をくじいてしまうやり方です」

「その小説の原稿は、まだR社に保管されてるんでしょうか」

「パク・チュンは、一度投稿した原稿は取り戻さないみたいですね」


午後の日がだいぶ傾くと、私はとうとうR社にパク・チュンの原稿をもらいに出かけた。やはり、パク・チュンのその小説を読まなくては気が済まなかったからだ。理由がどちらであれ、今度の原稿も最後まで日の目を見なかったという点が、特に私の好奇心をそそった。もっともキム博士は、パク・チュンのためにわざわざ小説を読む必要はないと言った。そんなふうにすべてにおいて自信に溢れているキム博士は巨人のようにどっしりと頼もしく見えたが、そんな態度を、私が素直に受け入れていたわけではない。あまりにも自信たっぷりの態度は、どこか独善の匂いがする。私は何より、その独善の可能性に危険を感じていた。

——パク・チュンが病院を逃げ出したのは、まさにあのキム博士の自信に満ちた態度に耐えられなかったせいではないだろうか。再びキム博士の所に預けたことは、パク・チュンにとって良かったのか？

昨夜、病院の帰りに、私はそんなことを考えていた。あまりにも自信に満ちていたために、かえってキム博士を全面的に信用することができなかった。ともかく私はパク・チュンのその小説を手に入れたかった。キム博士は治療には役立たないから読む必要がないと言ったけれど、私はそれをパク・チュンのために読もうというのではなかった。奴のためというより自分の好奇心、抑えがたい好奇心のために読みたかった。

R社では、意外にすんなり私の要求に応じてくれた。アンの言うように勇気がなかったのか、いたずらが過ぎたのかは知らないが、連載を中断した事情についてR誌の編集者は何も言わなかった。私の要請を聞くと、おおげさに深刻な顔をして秘密めかしながら、しかし救世主にでも会ったように、二回連載された雑誌まで添えて、快く原稿を渡してくれた。

私は会社に戻ると、すぐに小説を読み始めた。

タイトルは「裸の社長」だ。

主人公はある会社の従業員用送迎バスを運転する、運送部所属の運転手。ある日突然、社長がそいつに自分専属の運転手になるよう命令する。同じ運転手なら社長付になるほうが、普通は望ましいはずだ。しかし主人公はその命令があまりうれしくない。社長専属になった運転手は、しばらくするとその仕事だけではなく、会社まで辞めさせられるという変な慣例があったからだ。それは事実だった。この会社の社長はまだ若いのに、どういうわけか運転手を頻繁に替えるという妙な癖があり、ひと月以上、自分の車を同じ人に運転させることはなかった。顔なじみになった頃、彼は例外なく運転手を交代させる。交代させた後もそのまま社内で他の車を運転させたりはしない。会社から追放するのが常だった。そしてまた社内の他の運転手を自分専属にする。そしてその人も同じように、ひと月ほど過ぎるとまた解雇される。理解に苦しむ話だった。さらに変なのは、たくさんの運転手がそうして会社を追い出されたのに、一度もその理由が明かされていないのだ。社長も運転手を交代させるとそれ以上何も言わず、解雇される人も、どういう措置が取られたのか、不満の言葉を残したことがない。

「さあ、知らなくてもいいことを知ってしまった罪だそうだ。知っているのに知らないふりをして過ごすこともできないからなあ」

「ちょっとしたことを平気な顔で隠せなかったのが間違いの元だ。でも今はむしろ、会社を辞めたほうが楽になる気がするね」

「いつかは君も分かる日が来るさ」

それぞれ、分かったような分からないような言葉だけを残し、おとなしく会社を辞めてしまった。そんなふうに会社を辞めた人が、もう十人以上にもなる。そのたびに他の運転手を補充しなかったら、おそらく今頃は会社の中に運転手が一人も残っていなかっただろう。だから会社では毎回、社長専属になった運転手の後釜を別の所で募集しなくてはならなかったし、新しく入った人もある程度落ち着くと、ある時期に社長の専属になった。

主人公にも、その順番が回ってきたのだ。誇らしいどころか、心配しないわけにはいかなかった。社長の車を運転するというのは、ひと月余りすればクビになるということだ。しかし彼は他の人のように諦めたような微笑を浮かべ、肩を落として会社を追われてもよい立場ではなかった。家の事情もあったし、人生に対する最後の執念もあった。しかしひとたび発令された以上、断るわけにはいかない。彼は、何としても会社を追われないように努力する決心をして、社長車を運転し始めた。運転しながら、一体全体何のために社長があれほど多くの人をすぐに交代させたのか、その理由を一生懸命考えた。そして自分で気づかないうちに、他の人が追い出されることになった口実を作ってしまわないよう、細心の注意を払った。だが理由はもちろん探せるはずもなく、理由が分からないから、用心するにしても、何を用心すればいいのか分からない。そんなある日、若い社長は彼に、町の中心部から遠く離れた、ある山奥の谷に行けと命じる。

「今晩のことは、絶対に見なかったふりをしてくれ。見たことも見なかったふり、聞いたことも聞かなかったふりをして忘れろ。そして明日の朝は、今晩我々がここに来たということすら、なかったことにするんだ」

車で向かう途中、社長はそんなふうに言いつける。主人公はついに来るべきものが来たと思い、社長の顔をちらりと見て、そうすると誓う。やがて社長は谷にある一軒の家の前に車を停めさせると、運転手を倉庫みたいな部屋に閉じ込め、一人で家の中へと消えた。そして運転手はその部屋で、妙な光景を目にする。窓一つない密室は外の状況を見ることも聞くこともできないようになっていて、まさに監獄だった。部屋の中には運転手らしき男たちが十数人も先に来て集まっていた。そして主人公はその男たちから、さっき社長が入っていった秘密の家について、驚くべき話を聞かされる。

彼らによると、今、その家では想像もできないような奇怪なことが繰り広げられているという。その家には広い温水プール、豪華な寝室、バンドの演奏を聴きながら酒とダンスと女を楽しむことのできるホール、カジノ、秘密の映画館など、ともかく人間が一生に一度はやってみたいものがすべて揃っているのだが、それらはいずれも外からはまったく気づかれないよう、巧妙に隠されているというのだ。そして人々は、ここでの夜をいっそう楽しむために、家に入ると全員が一糸まとわぬ裸になると決められている。だから一度この家のドアから入った人は、みんな裸になって酒と女とダンスを思い切り楽しむ……。

パク・チュンの小説が発表されたのは、そこまでだ。つまり、R誌はその場面で連載を中断した。しかし原稿用紙には、続きが書かれていた。

主人公はようやく理由に気づく。見たり聞いたりしてはならないことを見聞きしてしまったのが間違いだったのだ。主人公自身も、既に知ってはいけないことを知ってしまった。失敗だ。だがそれはもちろん彼の責任ではない。それは、彼が何をどう用心すべきなのかを知る前にやってしまったことであり、用心したところで、いずれは犯すことになっていた過ちだ。しかしともかく主人公はもう理由を知ってしまった。そして彼は、社長がいつもひと月も経たないうちに運転手を解雇したのは、彼らが秘密を守れなかったせいだろうと思う。社長が今晩のことは忘れろと言っていたのも、その秘密のせいだと考えた。主人公はぞっとした。社長が、会社や家庭ではとても上品な人だと思われていることを思い、いっそう言動に気をつけようと心に誓う。うっかり漏らしてしまったらクビになるだろう。秘密が知られないうちに運転手たちが解雇されてきたことを考えれば、ちょっと口を滑らせてしまっても、社長は約束が破られたことを正確に見抜くことができるらしい。それは、誰だか分からないが、社員の間にまで社長のスパイが浸透していることの証拠かもしれない……。

しかし問題は、主人公の本能だった。社長を一、二回その秘密の場所に送りながら、彼は誰かにその話を打ち明けたくてたまらなくなる。もう、社長の秘密は分かった。そして、会社で理由もなく頻繁に運転手が解雇された理由も知った。それがほんとうに貴重なことのように思え、意味もなく自分が立派に思えてくる。そんな事実を人に知らせてはならないのが、もどかしくてたまらない。話せないなら、最初から知らないのと同じだ。いや、最初から知らなければ、いらいらしたりしないだろう。彼は事実を知っているせいで、いっそう苦しむ。言いたいことを言えないというのは、これほどつらいものだったのか。先輩たちが結局は口を滑らせてクビになったのも、理解できる気がする。それでもやはり話してはいけない。うっかりひとこと言っただけで、すぐに誰かが社長に告げ口するだろう。辞めさせられたら大変だ。クビにならないためには、誰に対しても口を固く閉ざして過ごすしかない。主人公は最後まで黙っていようとする。しかしそんなふうに我慢しているうちに、神経過敏の症状が出た。誰かが自分の言動を一つ一つ見張っているような気がする。常に監視されているみたいだ。会社では既に、自分が間もなく解雇されるだろうといううわさが広まり始めている。誰も信じられない。うわさに埋もれて、見えない眼や耳が、四方で自分を監視しているようだ。会社だけでなく、家にいる妻まで怪しく思えてくる。彼は時折、魂が抜けた人のようにぼんやりしていたり、時には考え事をしていて注意力を失ったりするようになった。ついに彼はその注意力の欠如のせいで運転手としての資格を失い、会社を追われてしまう……。

パク・チュンの小説は、おおよそそういう話だった。アンの言うように、この小説も狂人に近い人の話だ。そしてR誌の人たちがほんとうに何かのトラブルを恐れたのか、あるいはただいたずらが過ぎて、嘘のうわさを持ち出してパク・チュンを脅迫したからか、連載を中断した理由については余計な口を挟みたくはないが、この小説は、前に紹介した「奇妙な癖」とはかなり違うようだ。今度の小説は、要するに現代版「王様の耳はロバの耳」とでも言うべき話だ。昔、ある王様がロバみたいに大きな耳を持っていて、その秘密を隠すためにたくさんの理容師を死刑にしてしまったのに、一人だけ命拾いをした男がいた。彼は王様がおかしな形の耳を持っているという秘密を口に出せないせいで病気になって死にかけたが、胸に秘めた言葉を村の外の竹やぶに叫んで回復したという、わが国の古い民話（わが国固有のものではないとしても）のことだ。この作品でパク・チュンが言おうとしたのは、結局我々には〈救いの竹やぶ〉はあり得ず、ある真実を目撃してもそれを別の利害関係や干渉のせいで口に出すまいとするなら、それはすなわち、より大きな破局を招く自己否定の悲劇を生むということではないだろうか。いわば「奇妙な癖」ではある人間の内面の秘密を掘り起こし、それを説明したのだとすれば、「裸の社長」は、人間性の秘密を暴くことから一歩進み、どんなふうにそれを語るべきか、そしてなぜそうする他はないのかという、アンが言ったような時代の要求や、その時代の人々の権利や義務の様相が、もっと色濃く暗示されているようだ。その意味で二つの作品は、根がどこに伸びているとしても、性質はかなり異なる。

しかしこの二つの作品は、どちらも結局、発表されなかった。一つは〈時代の良心〉に基づく編集者の文学理念にそぐわないという理由で、そしてもう一つは、いわゆるあの〈トラブルのうわさ〉を恐れる、勇気のない編集者の用心（アンは、それは単にパク・チュンに文句を言わせないための脅迫だったかもしれないと言ったが）によって。

ともかく私は小説を読み終えると急いで会社を出た。雑用係の少年が、出口近くで私を待ちながら座ったままうとうと居眠りをしていた。この日もこの子以外には、社内にもう誰も残っていなかった。既に夕方七時。私は少年を起こし、急いで会社を出た。そして飲み屋に寄ろうともせず、タクシーを拾ってまっすぐパク・チュンの病院に向かった。小説を読んでしまうと、何かまた言うべき言葉があるような気がしたからだ。パク・チュンの小説は、どこか今の彼の症状とも深い関連があるように感じられる。言うなれば、小説に表現されている二つの主張は、まさにパク・チュン自身の作家としての良心や態度に置き換えられるのだ。パク・チュンは明らかにある葛藤を感じていた。「裸の社長」から分かるように、一人の作家がある真実を探り出し、それを思うように話すことができない時、彼が葛藤を感じるのは当然だ。それならいったいパク・チュンに、目撃した真実を自由に語れなくしたのは何なのか。パク・チュンは小説の中でそれを〈クビにならないための利害関係〉のせいであると言い、その利害関係の鍵を握っている〈社長〉の眼に見えない監視と、そういったことがすべて合わさった、自分に対する〈干渉〉のせいだといった。しかしまだすべてが明らかになったとは言えない。彼は今、分かっているだけでも小説が二篇もお蔵入りになっている。パク・チュンはそんなふうに作家としての陳述を妨害されていた。作家として意見を述べる権利を完全に剥奪されているわけだ。ひいてはそんな作家的良心と現実の悲劇を遠回しに小説として表現した作品まで、連載が中断されてしまった。しかしパク・チュンがそんなふうに自己陳述の欲望を挫折させられたことだけでは、まだ彼がひどい葛藤に陥った理由としては充分ではない。むしろ新たな闘志や意地がかき立てられそうなものだ。その程度の干渉では、あんなふうに狂気を装い、その中に自分を逃避させなければならないほど不安になる理由にはならない。問題はまだ明らかではない。小説に表現されているのは、単なる暗示や二次的な結果だ。パク・チュンをあれほど不安にさせた葛藤の要因は、まだ具体的に明かされていない……。私は何よりもまず病院を訪ねたかった。キム博士でもパク・チュンでもいいから、誰かにもう一度会いたかった。そして結果がどうなるとしても、話をしたかった。

病院では、キム博士が私を待ち構えていた。というのは、今日もキム博士が当直であるはずはないし、仕事もないのに、博士はまだ病院の診察室にいたのだ。

「やはりまた来られましたね。私は、今日も来て下さるだろうと思っていましたよ」

診察室に入ると、パイプで煙草を吸っていたキム博士は、ほんとうに私を待っていたかのように、悠々とした表情で微笑を浮かべていた。

「さあ。どういう訳か、また来ることになってしまいました。でも先生は、まるで私を待ってらしたみたいですね」

遠慮なく椅子に座ると、キム博士がまた、

「待っていたというか……まあ、予感ってものがあるじゃないですか。何か言いたいことができれば、聞かせるべき相手がすぐに現れてくれるような予感が」

やはりキム博士は、私に何か言いたいことがあるらしい。その話を聞かせるためにわざわざ病院に残っていたのだぞとでも言いたげな口調だった。考えてみれば、変な医者だ。

——こいつ、いつの間に、パク・チュンのことにこんなに興味を持ちだしたのだろう。いや、そもそもこの医者は何のために、パク・チュンをあんなふうにやみくもに入院させたのだろうか。

どうも納得がいかない。しかしもちろん、そんなキム博士を非難する理由は私にはなかった。そんなことを言うなら、自分がパク・チュンのことに意味もなく熱中して走り回っていることにも、何らかの理由がなければならない。だが私にも理由はない。そもそも、こんなことに理由など必要ないのかもしれない。無理に理由づけしようとするのは、かえって滑稽な気がする。

切実な予感のようなもの。ただそれだけだ。しかしそんな予感こそが、具体的な説明よりもっと明確かつ正当な理由になり得るような気がする。理由など、あってもなくても構わない。私はそれよりも、キム博士の話に興味が湧いてきた。

「おや、パク・チュンに何かあったんですか」

私はゆっくり煙草を出してくわえながら、心配そうな表情を浮かべた。するとキム博士がようやく話に入った。予想していたとおり、パク・チュンに問題が起こったという。昨夜のことだ。つまりそれは前日私が病院を出てから一時間もたたないうちのことだった。突然、停電したそうだ。後で分かったことでは、それは近くの電信柱の変圧器の故障によるものだったので、病院だけでなく、その一帯がすべて停電になったのだが、病院ではその停電のせいで思いがけない騒動が起こった。騒動の主人公がパク・チュンであったことは言うまでもない。

「他でもなく、まさにあのパク・チュンという患者の妙な癖のせいだったんです。以前にも申し上げたとおり、ここの患者たちは変な癖を、一つか二つは持っています。パク・チュン氏ももちろんそうでした。パク・チュン氏は、それが特にひどかったんです。昨夜の事故は、まさにその奇癖が原因でした」

キム博士はそう言うと、パク・チュンの癖について説明した。パク・チュンは普段から自分の周囲が暗いのをいやがっていた。彼は常に夕方から朝まで電気をつけっぱなしにして周囲を真昼のように明るくして過ごし、昼間でもちょっと曇っているとすぐに電気をつけていたという。眠っている時もそうだった。パク・チュンは明かりをつけないと絶対に寝床に入ろうとはせず、眠っていても、もし誰かがスイッチを消せば、すぐに眼を覚まして起きてしまうのだそうだ。

キム博士の話を聞いていると、私はふとパク・チュンと一緒に一晩過ごした日のことを思い出した。あの夜、消したはずの蛍光灯が何度もまたついていた謎の出来事はパク・チュンの仕業だったことが、キム博士の話によって改めて確認できた。

キム博士は話を続けた。

「ところが昨夜、突然停電になったんだから、心配にならないわけがないでしょう？看護師が病室に様子を見に行ったそうです」

ほんとうの騒ぎはここからだった。看護師が病室に入ると、パク・チュンが突然発作を起こした。後で聞いた話によると、看護師はその時、懐中電灯を持って病室に入ったのだが、その光が顔に当たるやいなやパク・チュンが突然悲鳴のような声を上げ、ものすごい勢いで看護師に飛びかかったという。そして乱暴に懐中電灯をひったくり、怒り狂って看護師の首を絞めた。

「警備員が駆けつけたのは、患者が発作を起こしたからではなく、首を絞められた看護師の悲鳴を聞きつけたからです」

騒ぎの経緯はそういうものだった。事件自体は別にたいしたことではないようにも思える。だが私は話を聞いて、この晩のパク・チュンの発作はただごとではないと思った。パク・チュンの発作そのものより、キム博士の話がいっそう尋常でないように聞こえた。キム博士の話を聞いている間、私はパク・チュンの発作と関係しているらしいいくつかの事実が、パク・チュンの発作以上に自分を緊張させていることを感じていた。

「パク・チュンはいったいどうして必ず明かりをつけておかないと眠れなかったんでしょう。それに、なぜ懐中電灯を見て突然発作を起こしたのですか」

「それはいい質問ですね」

しばらく口を閉ざしていたキム博士は、その質問を待っていたかのように、今度はパク・チュンの癖についてまた説明し始めた。

「さて、私も昨夜、偶然あんな発作を起こすまでは、患者がことさらに暗闇を嫌う理由を突き止めることができないでいました。もちろん、前にも申し上げたように、それは別の患者たちにも見られる、一般的な病状の一つに違いありません。しかしこれまで観察していても、まったくその原因を分析できないでいたのです。ところが昨夜の発作を見て、ようやくヒントが得られました。どういうことかといえば、患者があれほど闇を嫌うようになったのは、暗闇そのものが嫌いだからではなく、暗闇から連想される、ある別の恐怖があったからだということです。言ってみれば、あの懐中電灯などが、まさにそういうものです。患者がほんとうに発作を起こすほどひどい恐怖を誘発したのは暗闇ではなく、その暗闇の中に出現した懐中電灯だったということです。患者にとっては暗闇が、常に懐中電灯を連想させる恐怖の触媒だったのですね」

「それならば、これからの課題は、パク・チュンが何のせいであの懐中電灯に恐怖を感じるようになったのかを探り出すことですね。それがまさに先生がよくおっしゃっていた最初の葛藤要因ではありませんか」

「ごもっとも。懐中電灯の秘密こそ、パク・チュン氏の治療には何より大事な鍵です」

「でも昨夜、パク・チュンが懐中電灯を見て驚いたことだけでは、彼がどうしてそれに対して恐怖を持つようになったのか、そして懐中電灯の恐怖がパク・チュンにどんな意味を持っているのか、まだ説明はできないのではないですか」

「今のところは、そうです」

「彼の小説について興味をちょっと持ってみてはいかがでしょう」

私はパク・チュンの小説と懐中電灯の間にはきっと深い関係があるという予感にとらわれ、それとなく勧めてみた。だがキム博士はパク・チュンの小説には、相変わらず興味を示さなかった。

「やはりその必要はありません。あまり気分の良い方法ではないけれど、少なくとも懐中電灯の由来を含め、すべての秘密を白状させるための最終手段は、既に見つけてありますから」

キム博士は意味ありげな微笑を浮かべた。しかし彼は、その方法について具体的なことは語らなかった。もう少し待ってごらんなさいと、いつものように自信に満ちた顔で笑うだけだった。

懐中電灯のせいで起きたパク・チュンの発作事件以後、私はいっそう会社の仕事に気が乗らなくなった。パク・チュンがなぜ懐中電灯を見て発作を起こしたのか、一日も早くはっきりとした理由を知りたかった。キム博士は懐中電灯の由来だけでなく、パク・チュンの秘密をすべて告白させる方法があると確信しており、小説まで調べる必要はないと言った。しかし私はキム博士が動き出すまで、ただ待ってはいられなかった。既にパク・チュンの小説を二つも読んでいる私としては、彼の症状と小説をもう少し注意深く関連付けてみないわけにはいかない。しかも私は、その二篇から、ある強い暗示まで受けていたのだ。

懐中電灯。それは彼の作家としての陳述の権利に深く干渉して妨害し、しまいには意識にまで障害を引き起こした葛藤要因の具体的な内容物として、作品の中にはっきり示されている。私にはそう見えた。パク・チュンの懐中電灯と小説が無関係だとは思えない。キム博士にパク・チュンの小説を強く勧めなかったのは、ただ単に、まだ自信がなかったからだ。そしてあのパク・チュンの懐中電灯の話によって、私がキム博士を訪ねて話したかったことは、もう充分解決されようとしていた。しかし懐中電灯と彼の小説は、それ以上に深く関連している。考えようによっては、あの懐中電灯は既に彼の小説の中のどこかに潜んでいたような気もする。ただ、それがどこにどんなふうに潜んでいたのか、探ることができないだけだ。

彼の他の小説を探さないではいられなかった。私はずっとそんなふうに、パク・チュンのことだけに熱中していた。昔発表された作品を探して読み、住所を見て家を訪ねた。しかし彼の家では、パク・チュンについて特にこれといった痕跡を探すことができなかった。バラックが密集する新村《シンチョン》の丘。私はそこからさらにきつい坂道を上がり、やっとパク・チュンの家を見つけたのだが、その家からは、不思議なくらいパク・チュンの痕跡が消えていた。彼の部屋には本、原稿用紙、日記帳やメモなど一つも残っていない。そんな物はパク・チュンが家を出る前から、一つ一つどこかへ姿を消してしまったという。だが私がパク・チュンの家で彼の痕跡を探せなかったのは、そうした物が得られなかったせいだけではない。パク・チュンは彼の家族からすら、既に遠く離れていた。

家族といっても七十を越したように見える母親と、結婚適齢期を過ぎかけているらしい妹だけだったが、その肉親すら、パク・チュンに対しては、おかしなほど冷淡だった。パク・チュンの消息を伝え、私がひょっとして何か手伝えることはないかと聞くと、彼の妹だという女性は、

「今更、私たちにどうしろと言うんです。お宅はどうして兄のことにそんなに興味があるんですか」

感謝するどころか、冷淡にそう責め立ててきた。私は当惑してしまった。そしてようやくパク・チュンにはもう、捜してくれるような保護者も、彼の病状を知りたがる隣人

もいないことに気づいた。私はまだポケットに入っていた彼の原稿料を渡し（そうしたほうがいいだろうと思った）、ひょっとしてパク・チュンについて何か相談することがあれば連絡してくれと会社の電話番号を記して、そのまま家を出てしまった。

だが、だからと言ってパク・チュンの症状について知りたいという思いを捨てることは、もちろんできなかった。ずっと彼の小説を探して読み、過去の行動を調べ続けた。

そんな私にアンは、

「もういいかげん、仕事をしてもいいと思いますがね。おかげで今月号は発行日に間に合いそうにありませんよ」

露骨に不満そうな顔をした。まだ原稿すら充分に集まっていないというのだ。しかし私はそんなアンの不平にも知らぬ顔をしていた。気にする必要はないと思った。

――パク・チュンのことが確かめられるまでは、仕事をしたくない。

そう思っていた。妙なことに私はここしばらく、原稿がちっとも集まらないとか、雑誌の仕事がうまくいっていないことの原因がパク・チュンにあるような気がしていた。

そしてどんなふうにであれ、それが明らかになるまでは、雑誌の仕事などまったく無意味にすら思えた。予感だ。しかし私はそんな予感を頭から追い払うことができなかった。

そんなある日。この日は意外に興味深いことが一つ起こった。会社のトイレでの出来事だ。建物が古いせいでもあるのだろうが、うちの会社のトイレは、よそのビルのトイレよりも不潔な所が多かった。水がちゃんと出ないから、ずいぶん前から水洗トイレとしての機能を失っていた。タイルがあちこち剥がれているのはまだしも、水のバケツ、チリ紙入れ、掃除用ブラシなどが、常に見苦しく転がっていた。もちろん、高級なチリ紙など置かれているはずもない。新聞紙や、いらなくなった紙を適当な大きさにちぎって釘に刺してある。とにかくそんなふうな、いささかみっともないトイレだった。だから私はあまり会社のトイレを使わなかった。ちょっと小用を足すだけならそれほど不平を言う必要もなかったけれど、時間のかかる時にはなるべく他のトイレに行った。

ところがこの日はよっぽど急いでいたのか、会社のトイレに入ることになった。意外なことが起きた。中途半端に上を向いて座っていた私の視線が、釘に刺さった新聞紙の切れ端に偶然止まった。それが、ことの発端だ。

今月の話題作、話題の作家。

それは二年ほど前に出たある週刊紙だったのだが、まずそうした見出しが眼についた。そしてあるページではその月に発表されたパク・チュンの小説を巡って数名の評論家が合評しており、別のページにその月の話題の作家であるパク・チュンのインタビュー記事が掲載されていた。

私ははっとして新聞を釘から抜いた。しかし、すぐに落胆した。記事は切り離されて、あまり残っておらず、続きが載った切れ端は見つからなかった。既に使用されてしまったらしい。残っているのはインタビュー記事の一部だけだ。私はそこから読み始めた。

――あなたはさっき僕が危険な質問だと言ったことの意味をまだよく分かっていないようだ。それならもう少し説明しよう……。

記者のある質問についての答えに補足しているらしい。パク・チュンはかなり長々と話を続けていた。

――子供の時の経験だが、僕にはとても気分の悪い思い出が一つある。六・二五《ユギオ》（一九五〇年六月二十五日に勃発した朝鮮戦争）が勃発してから、うちの田舎では一時期、警察隊（警察が国軍〈韓国軍〉に協力して各地で編成した戦闘警察隊）と地方の共匪《コンビ》（朝鮮人民軍〈北朝鮮軍〉の遊撃隊）が入り乱れて村を訪れていた。ある晩、警察隊なのか共匪なのか分からない人たちが、また村に入ってきた。そしてその中の一人が僕のうちに来て、母と僕が寝ている部屋の戸を開けた。彼はまばゆい懐中電灯の明かりで僕たちの顔を照らしながら、母に向かって、あんたは誰の味方なのかと言うのだった。しかし母はその時すぐに答えることができなかった。懐中電灯の明かりに隠れた人が、警察隊なのか共匪なのか区別がつかなかったからだ。答えを間違えれば、ひどい目に遭うことは目に見えていた。だが母は相手がどちらなのか正体をつかめないまま答えなければならなかった。母の立場は絶望的だった。僕は今でもその絶望的な瞬間の記憶を、そして人の顔を見えなくしていた懐中電灯の明かりに対する恐怖をなまなましく覚えている。

ところで僕は最近、小説を書いている時に、それと似たような感じを何度も受けた。僕が小説を書いていることが、まるで顔の見えない懐中電灯の光の前で一方的に自分の陳述だけをしているような感じなのだ。小説を書くという行為は、考えてみれば、ある作家の最も誠実な自己陳述であると言える。しかし僕は今、どんな懐中電灯の明かりの下で自分の陳述をしているのだろうかと、とてつもない恐怖感を覚えるのだ。今、あなたがしたような質問を受ける時が、まさにそうだ……。

パク・チュンの言葉はそこでいったん終わっているように見えた。そして新聞紙もそこで切れていた。

しかし私はもうそれで充分だった。というより、予想外の収穫に、ともかく満足していた。新聞はおそらくアンの引き出しから出たものだろう。私がパク・チュンのことにかまけて落ち着きをなくしたせいで、アンは最近ひどく機嫌が悪かった。文学の記事をスクラップしておいたのを、掃除の時に処分したのかもしれない。それを雑用係の子がちぎってトイレの釘に刺しておいたのだろう……。もっともそれがいかにして会社のトイレにまで転がり込むことになったかはどうでもいい。重要なのは、私がそれを見たということだ。私が眼にしたパク・チュンの言葉が重要なのだ。

パク・チュンの話は、まさにあの懐中電灯のことだった。ようやく懐中電灯の正体が明らかになった。さらにパク・チュンはその話の中で、自分の文学と懐中電灯が切り離せない関係にあることをはっきり示していた。思っていたとおりだ。席に戻ると、私はまた浮き浮きしてきた。その懐中電灯がどうしてパク・チュンの現在の症状に発展するようになったのか、そしてその懐中電灯とパク・チュンの小説がどんなふうに関連しているのか、もう少し具体的に突きとめさえすれば、すべてが明白になるはずだ。まずパク・チュンをインタビューした新聞社を訪ね、記事全体を読まなければ。パク・チュンの小説の中にその懐中電灯が発見できれば一番いいだろうが、そうした可能性はなかなか見えない。まず新聞社を訪ねて、その時パク・チュンが語ったことだけでも詳しく調べてみようと思った。

しかし物事はひとたび糸口がつかめれば、するするとほどけるものらしい。この日は続けさまに意外なことが起こった。昼食のための外出を兼ねて新聞社を訪ねるつもりで会社を出ようとした時、意外な人物から電話がかかってきた。ところが今度はその意外な電話のおかげで、新聞社を訪ねる必要がなくなった。電話をかけてきたのはパク・チュンの妹だ。今、私の会社の近所まで来ているのだが、時間があればちょっと会って相談したいことがあるという。私はすぐに階下の喫茶店に向かった。ところが会ってみると、相談とは他でもない。彼女はパク・チュンの小説原稿を風呂敷に包んで持ってきていた。二百字詰原稿用紙五、六百枚ほどの中編小説の原稿だった。

「兄が家を出る少し前に私に預けたものです。その時、兄は、自分は近いうちに気違いになるかもしれないと言っていました。もちろん真に受けることはできませんでした。兄は普段からいつも頭の中にからっぽな所がたくさんある人でしたから。理由もなく、妙にそわそわすることもよくありましたね。その時ももちろん、兄は冗談のようにへらへら笑っていました。笑いながら、自分がほんとうに狂ってしまったら、この小説をどこかに持っていって売ってしまえと言っていました」

とぎれとぎれに事情を打ち明ける女性の声は、相変わらず冷たかった。

「でもこの間、パク・チュンさんがご自分の予言どおりになっているという近況をお伝えしたのに、そんなことはおっしゃいませんでしたよね」

不思議に思う私に、女性は、

「兄の小説を売りたいと思っても、簡単ではないでしょうから。私は兄が小説を書くのを見ていただけで、その小説がどこかに売れたり発表されたりするのを見たことがありませんでしたし」

いざとなれば、また原稿の束を持って立ち上がろうという勢いだった。

「それなのに、今日はどうしてまた……?」

「兄があまりにもかわいそうになったんです。病院も行ってみたいし」

「そうでしょうね。もちろん、病院に行ってみなければいけませんね」

「でも、必ずしもお宅の雑誌社に原稿を買ってくれとお願いしているのではないんです。この間、よく分からないお金の入った封筒を置いていかれたのを見て、私はお宅の会社にも、もう兄の小説が来ているのだろうと思いました。ほんとうに原稿を買ってくれそうな所を、紹介していただければありがたいんですが」

小説は、私が預かるしかなかった。いや、言われるまでもなく、私は既にその小説を自分が預かるつもりになっていた。うちの会社でその原稿を買うかどうかは、まったく別の問題だ。自分が狂ったら売れと最後に残していった小説。彼が妹に冗談のように言ったという言葉を考えれば、彼はその小説を書く時から自分がいつかほんとうに狂人になってしまうか、少なくとも狂ったと思われるようになることを予想していたのは確かだ。そんな作品をむざむざ逃すことはできない。

私はいったん小説を預かって彼女を帰らせた。原稿料は何日か余裕を持って待つにしても、病院には私がまず取り急ぎ連絡しておくから、いつでも気の向いた時に行ってごらんなさいと言った。そしてパク・チュンの小説を抱えてすぐさま会社に戻った。もうインタビュー記事を読むために新聞社を訪ねることなど、何も急ぐことはない。まず原稿を読みたい。昼食など出前を頼めば済む。

私は会社に戻ると、すぐに原稿を読み始めた。

ところがパク・チュンのその小説を読むと、私は今度こそほんとうに、新聞社に行く必要がなくなった。懐中電灯が……まさにその小説の中に、パク・チュンの懐中電灯が光っていた。妙なことにパク・チュンは二年ほど前に語ったその懐中電灯のことを、小説の中に描いていた。懐中電灯は小説のあちこちで不気味な光を放っていた。いや、パク・チュンの今度の小説は、まさにその懐中電灯のために、そして懐中電灯によって、すべての話が進行していた。パク・チュン自身が懐中電灯の下に座って絶えずその強い光を浴びながら小説を書いたような感じでもあった。

——これはおそらく僕が小学校四年生ぐらいだった時の出来事です。つまり、六・二五の戦乱で村の青年たちがどんどん軍隊に引っ張られていた頃です。あの時分は警官たちが村に押し寄せて、徴収令状をもらっていない青年も手当たり次第に捕まえて軍隊に入れることができました。そのために村ではときどき騒ぎが起きましたよ。追ったり追われたりして。そんなある日の夜でした。母と僕が部屋で寝ようと明かりを消している時、家の裏の路地から、突然足音が聞こえ始めたんです。足音に続いて、うちの裏庭で、何かがどしんと落ちる音が聞こえました。その音はまた足音になり、家の前に回ったかと思うと、僕たちの寝ている部屋の戸を開け、あわてて部屋の中に飛び込んできました。おばさん、僕です。今、警官に追われているんですと言いながら、息つく暇もなく屋根裏に上がっていくのです。その声は僕たちのよく知っている村の青年でした。母はすぐに事態を察したらしく、何も言わず部屋の戸を閉め直しました。僕は胸がひどくどきどきしていました。僕も事情を推察することができましたから。母が部屋の戸を閉めて布団に戻ろうとすると、はたしてもう一つの足音が急いで後を追ってきました。そしてその足音が僕たちの部屋の戸の前で止まりました。ごめん下さい、ごめん下さい！　とげとげしい声と共に、障子紙を貼った窓に明かりがちらちらしていました。僕は胸が震え、ほんとうに死にそうでした。母はその音で眼を覚ましたみたいに、眠そうな声で、どなた、と眼をこすりながら戸を開けました。ところが、ああ、その瞬間。開け放たれた戸の外から、突然恐ろしく明るい懐中電灯の光が部屋の中になだれ込んできたのです。あまりにまぶしいので、その明かりの後ろにいる人の姿が見えないほど。でもその明かりの後ろにいる人が誰であるのかは、もちろん見ないでも分かりました。その人はずっと懐中電灯の光を部屋の中に降り注ぎながら、たった今、若い男が入ってこなかったかと尋ねました。青年を捕まえにきた、支署の警官に違いありません。僕は彼が警官だと分かってからも、その恐ろしい懐中電灯のせいで、胸の鼓動を鎮めることができませんでした。青年を家にかくまいながら、彼の問いにどう答えるべきか分からなかったからだけではありません。その懐中電灯の光のせいだったんです。後ろに立っている人の顔が見えない、その恐ろしい光の……。

パク・チュンの小説は、そんなふうだった。もう少し詳しく言えば、これは小説の中でGという主人公が、幻想の中に現れた尋問官に自分の過去を告白している場面の一つなのだが、Gがそんなふうに幻想の尋問官の前で自分の過去を告白することになった経緯は次のようなものだ。

青年運動団体の幹部職員であるGは、ある日の夕方、仕事を終えて家に帰る途中、ふと妙な幻想を抱く。彼の乗った座席バス（観光バスのように高い背もたれのある二人がけの座席が並んだ路線バス）には、いちように口を重く閉ざした市民たちが疲れた体を椅子にもたせかけて座っていたのだが、Gはその重い沈黙と、顔の見えない人たちの肩の後ろで、突然とてつもない恐怖を感じ始める。彼は突然、その人たちが皆、互いに沈黙によって何かを話していると感じる。その沈黙の会話の内容を言い表わすことはできない。しかしG自身も彼らと一緒に沈黙の会話を交わしているように感じている。その感覚の中では、会話の内容もかなりはっきりしているように思う。……しばらくそんな幻覚に陥っていたGは、不意に、ある不穏な陰謀を企んだ疑いで逮捕された自分を発見する。彼はその陰謀事件に関して尋問官の取り調べを受け始める。だが尋問官はGに、具体的にどんな陰謀事件が計画され、それとGがどう関わっているのかを直接追及しない。Gはただ、自分の生涯について思い出せることを洗いざらい陳述しろと要求される。その陰謀事件なるものと関係があろうがなかろうが、あるいは自分が重要だと考えていようがいまいが、思い出せるすべてのことを、率直に陳述しろというのだ。尋問官はそうした陳述から、Gがどんなふうにその陰謀事件に関わったのか、またそれがどれほど恐るべき犯罪なるのかを判断するのだという。

Gもまた、いっそそのほうがいいと思う。彼は陰謀など何も計画した記憶がない。尋問官の前で、一瞬、自分が何かしでかしたような気がしたのは事実だ。しかしそれは、尋問官の前に立ったために感じる、ある種の罪悪感のようなものかもしれない。そしてそんな気分まで、ずっと遠い昔の事のようにぼやけていた。はっきりした記憶の中には、陰謀を企んだ事実は全然なかった。尋問官の要求を避ける理由がない。正直な陳述をすることで自分の嫌疑が晴れるなら、それこそ自分の方から願い出るべきことだ。

しかしGは躊躇《ちゅうちょ》せずにはいられない。尋問官の正体が分からないのだ。尋問官は、Gが見たことのない制服を着ていた。帽子の形も変だし、制服の付属物や飾りも見慣れないものばかりだ。男の正体が分からないことが、いたずらにこちらを不安にさせる。というより、この正体不明の男の前でどんな陳述をすれば自分の潔白を証明するのに最も効果的なのか、検討がつかない。そもそも、正体の分からない人の前で自分のことを正直に語らなければならないということが、まず不安だ。

それでもGは陳述をしないわけにはいかない。彼は結局、その尋問官の正体が分からないことに不安を感じつつ陳述を始める。Gが自分の過去を尋問官の前に告白することになった経緯は、おおよそそういうものだった。

　ところがそんなふうに話し出されたGの過去は、どうしたことか、すべて懐中電灯と関係していた。最初の場面からして、先に示したようなものだった。いや、先に見たものは、陳述の最初の部分ではない。それは二つ目だ。Gの最初の陳述は、パク・チュンが彼のインタビューの中でも語っていた、子供の頃に遭遇した出来事に関するものだった。ご存じのとおり、それももちろん懐中電灯にまつわる話だ。つまりそれは先に紹介した部分より一年ほど前のことになるわけだが（だからパク・チュンも小説の中で先のエピソードを二番目に告白させているのだが）、その時のことについてのGの陳述も、次のようになっていた。

　——僕の故郷の村は、南海岸のある小さな入り江の近くです。六・二五が勃発して三カ月余り過ぎた、一九五〇年の秋頃でした……。

　この時、国連軍の仁川《インチョン》上陸によって人民軍は南海岸の近辺から姿を消していたが、退路を断たれた一部の落伍兵力と地方の共匪たちは、相変わらずあちこちで活動していた。Gの村の一帯には、まだ国軍や警察隊が進駐していなかったからだ。半径一里以内にある入り江には、何日かに一度ずつ、巨大な船が太極旗をはためかせて入ってきていた。そうした船はつねに入り江から離れた所から村の動向を探り、一晩過ぎるとどこかにまた消えてしまった。船は夜の間に、その一帯の反共人士を乗船させ、夜が明ける前に出ていくということだった。しかし船がそんなふうに一度入り江を通り過ぎるたび、Gの村一帯では、むしろさらに多くの思いがけない犠牲者が出た。船が出てゆくと、しばらく息を潜めていた地方の共匪たちが再び村人たちに恐ろしい報復を行うからだ。

そんな頃の話だ。一度、Gの村でこんなことがあった。この日は入り江に船が入ったのを見た人もいなかったのに、夜になると突然、一組の武装部隊がGの村に潜入してきた。怪しげな男たちは村に入ると二人一組で家を一軒ずつ回り、若い男を呼び出した。そして訳も分からない村の男たちに、自分たちは闇に乗じて船でやって来た警察隊だが、村が安全になるまでその船で一緒に避難してはどうかと言った。村の男たちは、なるほどと思って彼らについていった。しかしその武装した男たちについていった村人たちは、村を出る前に皆、無残に殺されてしまった。怪漢たちは地方の共匪だった。船など来ていなかったことは言うまでもない。共匪たちは自分たちを疎み警察隊を歓迎する人たちに対する報復として、そんな復讐劇を企んだのだ。ところが惨劇はそれで終わらなかった。まだ共匪たちが暴れていると聞いて、こんどはまた本物の警察隊が村に入ってきた。しかしどういう訳か、村の人たちは今度も船が入ったことに気づかなかった。村人の中には、ほんとうに自分たちを避難させてくれる警察隊の前で、とんちんかんな芝居をして見せた人もいた。

俺は国軍にはついていきませんよ。俺は人民軍の味方です。人民軍についていくことはあっても、死んでも国軍には従いません。

そう言ったのは、今度も地方共匪が本心を探ろうとしてやっているのだと信じた人たちだった。災難を避けるためにわざわざそんなことを言って見せたに過ぎない。しかし警察隊がそんな事情を承知しているはずもなかった。村人たちはまた災難に遭ってしまった。するとGの村一帯は、いよいよ恐怖に包まれた。船が入っても、入らなくても心配だった。どちらがどちらなのか見分けがつかないから、夜中に突然、遭遇してしまうと、災難を免れる方法はない。夜が恐ろしかった。夜になると男たちはみんな家から逃げ出した。山で夜を過ごし、朝になると家に帰った。そんなある日の夜、とうとうG

の家にもそんな恐ろしいものがやって来た。この夜のことを、Gは次のように陳述した。

――その晩、僕は母と二人だけで家にいました。ところが、夜中に、いきなり外でどしんどしんと足音がして、母と僕はそれで驚いて目が覚めてしまいました。眼を開けると障子窓がかたりと開き、懐中電灯のまばゆい光が部屋じゅうに注がれました。眼を開けていられないほど強い光でしたよ。その光の後ろからは、姿はよく見えなかったんですが、よく通る声だけが響いてきました。このうちの男たちはどこだ？　女子供だけ残して、男たちはどこへ行ったんだ？　そんな事を言いました。来るべきものが来た、という気がしました。僕は心の底から震えてしまい、その光を見ることすらできませんでした。母は僕よりもさらに怯えているらしく、消え入りそうな声で哀願するように、やっとのことで返事をしました。うちにはもともと男はいなくて家族は二人きりなのだと。でも懐中電灯は、すんなり信じてくれませんでした。嘘を言え、我々はすべて知っている、男たちは皆どこに行ったのだ？　誰かについて行ったに違いないが、あんたの亭主はどっちの側だ、と言うのです。恐ろしく、息詰まるできごとでした。なぜなら、懐中電灯の言うとおり、父は実際に夜が恐ろしくて家から逃げていたのですから。懐中電灯は、ほんとうにそれを知っているようでした。言うまでもなく、懐中電灯の正体さえ分かれば返事は難しくなかったのですが、懐中電灯の強い光のせいで、その後ろに立っている人がどちらの側なのか、まったく見分けがつきませんでした。ああ、その懐中電灯がどれほど恨めしく恐ろしかったか、今でも忘れられませんよ。事実を話してはならなかったのです。しかし母は最後まで黙りとおすことができませんでした。懐中電灯がしきりに返答を強要したからです。母はついに、泣き声まじりの声で哀願し始めました。夫が夜の間に家を出てどこかに行ったのは事実だけれど、それは誰かについて行ったのではなく、ただ世の中が物騒なためにしばらく身を隠しているだけだから勘弁してくれと。しかし懐中電灯は信じてくれませんでしたね。嘘だ。あんたの亭主は誰かについて行ったのに間違いない。それはどちら側なんだ？　奥さんはどっちの味方かね？　そう容赦なく問い詰めました。それで母はまた、自分たちは何も知らない、ただ畑を耕して暮らしているだけだ、誰かについて行ったこともないし、誰かの味方になったこともない。無学で何も分からないだけなのだから、どうかとがめないで下さい……。奥さんはほんとに反動（革命勢力に逆らうこと。人民軍の使う言葉）だな、誰の味方でもないだなんて、そんな反動思想は許しておけん。懐中電灯の後ろから、そんな声が聞こえてきました。やっと懐中電灯の正体が明らかになったのです。だけど、もう手遅れでした。もし僕たちが、どうでもいいような中年女と幼い子供でなかったなら、懐中電灯は絶対に許さなかっただろうと思います。でも幸いにして僕たちは大人の男ではありませんでした。そして遅ればせながら声の正体をつかんだ母の哀願によって、わたしたちはやっと禍《わざわい》を免れることができました。しかし朝起きてみると、夜の間に村ではまたたくさんの新たな犠牲者が出ていました。身の毛のよだつような懐中電灯の強要に耐えられず、その懐中電灯の後ろに隠れている人の正体を当てようとして失敗した人たちです。懐中電灯の正体を見分けることは、なかなか難しいことだったのですよ……。

Gの陳述は、その時の強烈な懐中電灯の光の印象を皮切りに始まっていたのだ。

しかし最初の陳述を終えると、Gには再び思いがけないことが起こる。

「生まれてからこれまで経験したことの中で、最初に覚えているのがよりによってその懐中電灯だとは、変な話ですね」

尋問官がいきなり、気に入らない表情になってしまった。そしてそんなはずはないだろうと疑う目つきでGをじろじろと見た。だが問題は尋問官ではなかった。そんな尋問官を見たG自身だ。Gは尋問官の態度に、突然また恐怖を覚え始める。G自身も、どうしてよりによってそんな話が最初の記憶として残っていたのか、自分でも疑問に思えてくる。今度はちょっと違う話を思い出そうとする。しかしどうしたことか、すぐに別の話が浮かんでくれない。また、懐中電灯に関する話が思い浮かぶ。彼はもどかしくなり、焦る。尋問官の顔色ばかり気になる。

——こいつの正体は、いったい何なんだ。俺の潔白は、結局のところこいつによって証明されることになっているけれど、いったいどんな話をしたら気に入るのだろう。

まず、それが知りたい。でもそう思えば思うほど、頭の中は懐中電灯だらけになる。そして懐中電灯はいっそう強い光を放つ。自分の過去はすべてその懐中電灯にのみ関係しているように思えるほどだ。あるいはその記憶の中の懐中電灯に隠れて、他のことは何も見えないようでもある。

どうしようもない。彼は再び懐中電灯の話で二回目の陳述を続ける。陳述が一区切りつくごとに、尋問官の表情がどう変わるか、細かく観察しながら。

しかし二度目の陳述が終わると、尋問官はついにいら立ちを見せ始める。Gの話がどれも懐中電灯のことで一貫しているのは、明らかに正直な陳述ではないし、それはすなわちGを疑う充分な根拠になり得ると、脅すように忠告する。Gはいっそう怯える。尋問官の気に入るよう、もう少し正直な陳述の材料を思い出そうと頭をひねる。でもやはり彼は尋問官の正体が分からないのが不安で、到底それ以上正直な陳述材料を思いつくことができない……。

彼は何日も、会社帰りのバスの中で同じ幻想に苦しめられる。妙なことに、Gはバスに乗りさえすれば、また前日と全く同じ幻想に取りつかれた。そんなことが何日も続いた。毎日同じように正直な陳述材料を考えないではいられない。そして尋問官の正体が気になる。彼はもう、懐中電灯のせいで頭がおかしくなりそうだ。それでも彼が尋問官を満足させるために正直な陳述の材料を探そうとすればするほど、そして尋問官の正体を知りたくなればなるほど、記憶の中では懐中電灯だけがいっそう強く光を放ち、他のものはそっくりその光の後ろに隠れてしまった。そうしているうちに、また別の懐中電灯の記憶が浮かんだ。

――大学時代の話をしましょう。入学式が終わっても、僕は住む場所が決まっていませんでした。住み込みの家庭教師の口でも探さないといけなかったのですが、それもなかなか見つからなかったのです。だから夕方になると、僕は早めに外でうどんを一杯食べ、守衛が門に鍵をかける前に教室に忍び込み、暗くなるのを待ちわびました。夜になると僕は机をいくつか寄せて寝床を作り、その上に横たわってまた待ちました。まだ眠ってはならなかったからです。校舎の中を見回りに来る守衛に見つかれば、いやおうなしに追い出されますからね。僕はそうして待ち、守衛の近づく気配がすると、素早くそちら側の窓の下に伏せて彼が通り過ぎるのを待ちました。守衛は懐中電灯で教室の中を照らして見回しました。その光がどれほど怖かったかしれません。人の姿は見えず、明かりだけが照らす、その懐中電灯が。その光が長くまっすぐに伸びた棒のように教室の闇をあちこち照らして回る時、僕は腹がぐうぐう鳴る音が聞こえやしないかと、気が気でありませんでした。もちろんそんな時には、幼い頃の懐中電灯の記憶やその時の恐怖までよみがえりました。でももう、懐中電灯の前でどちらかを選ぶ余地もなかったのです。哀願して許しを乞うこともできなかったし。僕はもう子供ではありませんでしたから。懐中電灯は、それ自体が僕には耐えられない恐怖でした……。

大学時代の話も、結局は徹底的にあの懐中電灯に結びついていた。Gの陳述は、最後までそんなふうだった。三年間の軍隊生活もそうだったし、家庭生活、交友関係、何もかもが懐中電灯だらけだった。彼はそんなふうにして、自分に関する最も正直な陳述に最後まで失敗してしまう。ある日尋問官は、とうとうGの陳述を中断させた。長い尋問がようやく終わったのだ。後は審判を待つばかりだ。審判が下った。正直な陳述に失敗したGは、いうまでもなく有罪だ。パク・チュンの小説はこんなふうに締めくくられていた。

「まず私はこれまであなたの陳述を検討した結果、あなたが有罪であるという心証を固めました」

男は宣言するように言い、Gをじっと見つめた。やがて彼は不安のあまり口もきけないでいるGに向かって、説明を始める。

「理由をお話ししましょう。その前に、まず言っておかなければなりませんが、実は私達はあなたの陳述内容を根拠に有罪だと判断したのではありません。そんな必要はありませんでした。なぜならあなたの嫌疑事実はあなたの陳述の態度によって、既に充分証明されていたからです。あなたが陳述した話の内容ではなく、その態度によって。さあ、それではこれからあなたの陳述態度に関して、有罪だと判断した理由を述べましょう。それはこういうことです。

まず、あなたは我々に逮捕されたことを認めようとしませんでした。あなたとはまったく別の、新しい秩序を持っているかもしれない我々にあなたが逮捕されたということ。すべてはそこから出発しているのです。我々があなたを逮捕することになった経緯は問題にはなりません。あなた自身もそれをよく知らないでいますが、それは我々にとっても重要ではありません。ともかくあなたが我々に逮捕されたということ。我々側からすれば、それがすなわちあなたの最初の嫌疑であり、それによって我々にはあなたを尋問する権利が生じたのです。それなのにあなたは、嫌疑がかけられたということと、我々があなたを尋問する権利を持っていることを、なかなか認めようとはしませんでした。もちろんあなたは口に出してそう言いはしませんでしたが、そのために、心中ではいっそう容認できなかったのです。それが立派な有罪の証拠になりました。

二つ目の理由は、あなたがずっと我々の正体について不要かつ不当な疑問を抱いていたという点です。あなたは陳述しながら、しきりに我々の正体を知ろうとしていました。でも我々の秘密は永遠です。ひょっとすると、我々自身もそれを知らないのかもしれません。それを知りたがることは罪悪です。あなたはその罪を犯しました。だからあなたは常に陳述をためらい、正直な陳述ができませんでした。あなたは我々の正体を気にするあまり正直な陳述ができなかったことで、もう一つの陰謀の可能性を自ら暴露してしまったのですよ。

もう言っても構わないでしょうが、実は、私は最初からあなたが何か陰謀を企んでいると思っていたわけではありません。それでも私があなたに最初から陰謀の嫌疑をかけて陳述を要求したのは、それが我々の尋問方法だからです。そういう場合ほんとうの被疑者たちはたいてい極度の恐怖を覚え、何とかして嫌疑を免れようと、他の方法で嫌疑の事実が明かされるとは夢にも思わずつじつまの合わないことを並べ立てるものですからね。もちろんそうしてほんとうの嫌疑が明らかになる人は、それほど多くありません。でもそのわずかな人を徹底的に捜し出すためには、すべての人たちにいったん被疑者になってもらう他はないのです。ともかく陰謀の嫌疑をかけるのは、最良の尋問方法です。だからあなたにも同じ方法を取りました。あなたはまさにその方法によって、自分が陰謀を企てていた可能性を見事にさらけ出してくれました。我々の正体に対する不要かつ不当な疑惑、最後まで正直な陳述を不可能にした危惧の念とためらい。それらは許されない陰謀の可能性なのです」

男がやっと話し終えた。それから再びGを見た。Gは呆れた。男の言葉はどれも受け入れがたいものばかりだ。Gが男たちに逮捕されたことによってすべてのことが新たに始まり、Gに陳述の義務が発生したという点はもちろんのこと、男の正体に危惧の念を抱き、そのために正直な陳述ができなかったという点に対しても、男は論理を超えた独断ばかり下していた。一つとして承服できない。いや、男のようなやり方をするならば、Gにはむしろ反論するための、もっと合理的な理由がたくさんある。しかしGは口をつぐんでしまった。もうすべては終わったのだ。Gが何を言っても男はもう有罪だという心証を固めている。男がそんなふうに確信しているのに、不服の理由を申し立てたところで、男はその心証自体がまたすべての始まりだと言うだろうし、悪くすれば、不服を申し立てようとすることまで、新たな陰謀の証拠にしようとするかもしれない。Gはすべてを諦め、何も言わないでいた。しかし話し終えてからは男がずっと沈黙を守っていたために、Gはとうとう我慢できなくなった。

「いったい僕をどうするつもりですか」

Gは焦って聞いた。だが男はほんとうに仕事をすべて終えたというように、余裕に満ちた顔つきだった。

「刑の宣告を受けるのです。これはあなた方の制度に照らして言えば、裁判に該当しますからね」

「心証だけで刑を宣告できると言うのですか？」

「あなたは既に刑罰を宣告されているのですよ。あなたの陳述の中であなたは自分の犯罪に見合った刑罰を宣告され、そしてその刑罰は既に執行されています」

「意味が分かりません。どんなふうに刑罰を宣告され、執行されているというのですか」

男は微笑を浮かべていたけれど、その笑みには残忍な殺気が含まれていた。

「懐中電灯と、私に対する恐れ。それは自ら選択したあなたの刑の苦痛でしょう。そしてあなたはそんなふうに自ら選択した刑の苦痛の中で半ば狂人になりかけており、これからもずっと狂ってゆくのは明らかです。あなたは我々の審判に先立って自分の刑罰をそんなふうに自ら宣告されているのです……」

「……」

この日の夜、私は数日ぶりにまた病院にパク・チュンを訪ねた。小説を読み終え、もう私はパク・チュンについてほとんどすべてが分かったような気がした。アンの言うとおりパク・チュンはまるで一篇の小説を書いた後に自分自身がその主人公になり、現実の中でその小説の事件を演出しているようだった。懐中電灯のこともそうだったし、一方的に陳述（その用語までも）を要求されている状況もそうだった。小説の主人公と同じく、パク・チュンがキム博士を信頼していないのも疑う余地がなかった。パク・チュンに絶えず陳述を要求し続けるキム博士は、まさに尋問官だ。そして小説の中の懐中電灯も、パク・チュン自身のものだ。パク・チュンは二年前にその懐中電灯の話をしていた。そして二年過ぎた今、パク・チュンはまさにその懐中電灯の話を小説にしたのだ。小説の中の懐中電灯がパク・チュンの物であり、主人公Gがまさにパク・チュン自身だということは、彼が小説の中で〈陳述〉という言葉を頻繁に使用していることからも明らかだ。

もちろん、陳述という言葉はパク・チュンだけではなくキム博士も好んで使ったし、私自身も雑誌の仕事を一種の間接的な陳述行為であると告白したことがあるが（ひょっとすると私たちすべてがその陳述と関わり、陳述を要求されながら生きているのかもしれない）、パク・チュンは小説家だけに、何よりも創作を彼自身の陳述行為として理解していたに違いない。だからGはパク・チュン自身かもしれないし、Gの正直な陳述を妨害しているものは、まさにパク・チュン自身が小説を書きながら受けているすべての妨害要因を象徴しているのかもしれない。パク・チュンは結局、正直になろうとすればするほど失敗ばかり重ねてしまう、ある作家の悲しい破滅を、Gの話を通して語りたかったわけだ。

ところがパク・チュンは今、キム博士から絶えず拷問されている。いや、キム博士は耐えがたいほど恐ろしい懐中電灯の後ろに消えていて、懐中電灯から尋問されているのかもしれない。その光の後ろに潜むキム博士の正体をずっと不安に思い、自ら苦痛を受けているのかもしれない。

それは芝居っ気だなどと言って簡単に片づけてしまえるものではなかった。あるいは芝居っ気と言っても構わないだろう。しかしそれは単純な芝居っ気ではない。パク・チュンが小説を書き、その小説を現実の中で演出しているのではなく、逆に彼の現実と意識がそんな小説を書かせたと言うのが正しい。仮にパク・チュンが、最初は演技でそんな症状があるふりをしていたとしても、キム博士の追及が続く限り、彼はほんとうに狂人になってしまいそうだ。いや、彼の小説の主人公は、その尋問過程で既に刑罰の苦痛まで受けていたというふうに締めくくられていた。

キム博士の追及を中断させなければ。私がパク・チュンのためにすべきことは何よりまず、その不安を繰り返し経験しないように、そして彼の恐怖がそれ以上深まらないようにすることだ。キム博士に、これ以上陳述を要求させてはいけない。

キム博士はこの日もやはり病院にいた。聞いたところでは、病院とキム博士の自宅は同じ敷地内にあり、特にすることがなければ、いつも遅くまで病院に残っているらしい。

予想どおり、キム博士はパク・チュンからまだ確かな陳述を得られていなかった。懐中電灯についてももちろん、原因を探せないでいた。この日の午後に患者の妹だという女性がちょっと見舞いに来ただけで、パク・チュンは日増しに口数が少なくなり、恐怖心だけが大きくなっているという。経過について聞いてから、私はようやくキム博士にパク・チュンの小説の話を持ち出した。小説のあらすじを説明し、懐中電灯の由来を教えてあげた。その小説の中の懐中電灯に関連して、パク・チュンがどれほど自己陳述を恐れているかを、キム博士に納得させようと試みた。そうして、もうこれ以上パク・チュンを追及しないでくれと、露骨に干渉しようとした。これ以上無理に陳述を続けさせようとすれば、パク・チュンはほんとうに狂ってしまうかもしれないと、脅してもみた。だがキム博士はやはり毅然としていた。これまで自分の方法が失敗し続けているのはお恥ずかしい限りだが、今でも自信はある。どうしても駄目なら最後の非常手段を使ってでも、パク・チュンの陳述は絶対に引き出す自信があると言った。その非常手段がどういうものかという問いには、ただ微笑を浮かべただけだったけれど、ともかくキム博士は自信たっぷりだった。小説は参考になるとしても、そこから得られたものを治療の原則にはできない。インタビューを中断するのは、患者の治療を諦めるのと同じだ……。彼は信念と使命感に満ちた男だった。その信念をまげたこともなく、これからもまげるつもりはないらしい。しかし私はもうそんなキム博士の態度には、まったく不満だった。いくら自信に満ちていても安心できない。過剰なまでに信念を貫く彼の態度が、かえって危ういものに感じられた。

パク・チュンが哀れだった。パク・チュンに一度会いたいと申し出た。キム博士は、私がパク・チュンに会うのは、誰にとっても良いことではないと断言した。しかし私は思うところがあるから、そのまま病院を去ることができず、無理を言って、ついにパク・チュンに会わせてもらった。もちろん私が彼の病室を訪れた。パク・チュンはやはり、キム博士の自信たっぷりの態度とは正反対に、ひどく憔悴していた。この数日で見る影もないほど突き出た頬骨、落ちくぼんだ不安げな二つの瞳には、ほんとうの狂気のようなものが宿っていた。私の見たパク・チュンの姿は、そんなふうだった。そして彼は私を見て、いっそうひどい不安に襲われたようだ。私はそんなパク・チュンに、敢えて話しかけたりはしなかった。必要もないのに、私が何か知っていることを匂わせたりもしなかった。病室の中を見回し、彼を不安にさせないよう慰めの言葉だけを述べ、すぐに病室を出ようとした。その時だ。顔色をうかがっていたパク・チュンが、ドアのほうに歩こうとする私の行く手をさえぎった。

「僕を助けて下さい」

彼は、ひどく気落ちしたような声で哀願し始めた。

「僕は気違いじゃありません。どうかここから出して下さい。あなたなら、きっと僕を助けることができるはずです」

誰かが盗み聞きしているかもしれないと思ったのか、ドアの方を見ながら、私にしがみついてくるのだ。下宿の前の路地で初めて出会い、助けを求めてきた時のように。告白の内容が、その時とは正反対になっているだけだった。私は途方に暮れた。突然のことで、どうしていいか分からない。彼の言葉をどう解釈すべきなのだろう。こいつは、ほんとうに狂ってしまったのではないのか。狂った人は、自分は狂っていないと必死で言い張るというではないか。しかしまだ私は、パク・チュンがほんとうに狂っているとは思えなかった。うろたえている私に、パク・チュンがまた哀願した。

「ほんとうに、もうこれ以上耐えられません。ここは精神病院じゃないですか。それなのにどうして僕がこんなふうに閉じ込められなきゃいけないんです」

「だけどパクさんは、自分からここに来たんでしょう」

ようやく私が問い返した。でもパク・チュンはもう、少しもためらわなかった。

「その時は、わざとそうしたんです。僕が狂ったふりをしていたことは、医者も知ってますよ」

「わざと？　何のために、そんなことを……？」

続けさまに尋ねられて、パク・チュンは何か突然気恥ずかしくなったように、妙に力ない笑みを浮かべた。

「そりゃ、人は狂人扱いされてる時が一番楽じゃないですか。世の中のどんなことからも、ずっと自由でいられますからね。責任を追及されることもなく、脅迫されて追いかけられることもありません。精神病院より安全な所がないように思えたんです。でも、ここに入ってみると……」

ちょっと理解できる気がした。しかしパク・チュンの答えには、やはり少し怪しいものが感じられた。

「それならどうしてパクさんはキム博士にそのことを説明しないんですか。キム博士が納得すれば、パクさんはすぐここから出られるでしょうに」

今度はパク・チュンがすぐに答えようとしなかった。恨めしそうな目つきで私をじっと見つめていた。少し言い過ぎたような気もしたけれど、私はまた尋ねた。

「どうしてそれをキム博士に言わないで、私に助けを求めるのかということです。パクさんは、そんなふうに頼むけど、私が誰だか知っているんですか」

「それは、まだ……」

「それなのにパクさんは、どうして私にそれを聞こうとしないんです。誰だか知らない相手に助けを求めるのですか」

「それは、聞いたところでほんとうのことを教えてくれないでしょうし。嘘をつかれるのは目に見えてるのに、聞いてどうするんです」

パク・チュンは再び、ひどく気落ちしたような声で言った。

翌日も私は朝早く会社に出ていたけれど、パク・チュンのことで頭がいっぱいで、座っていても落ち着かなかった。今月号のことはもう私の頭から完全に消え去っていた。出社したのは、ほとんど機械的な習慣によるものだ。雑誌の仕事はほとんどアンに任せっきりになっていた。家でも会社でも、私はパク・チュンのことばかり考えていた。どんな形であれ、パク・チュンのことに決着をつけなければ、何も手につかない。それにこの日は前夜のことで、いっそう気持ちが乱れていた。

昨夜私はパク・チュンに会った後、再びキム博士を訪ね、ひとしきり言い争った。インタビューをやめないのなら、いっそパク・チュンを病院から追い出す方がましだと、額に青筋を立てて食ってかかった。それでもキム博士の信念は揺らがなかった。医者としての使命感も度が過ぎるほど徹底していた。自分としては絶対にインタビューをやめることはできない、ましてやそんなふうに患者を病院から追い出すことなどできないと言った。結局は私が負けるしかなかった。しかしいざそんなふうに降伏しても、安心はしていない。どうしてもキム博士の方が間違っている気がする。私はただ医者としてのキム博士の権威を前にして、その過ちを暴露することができなかっただけだ。はらはらするような感じは消えない。そしてそんな気分が翌日も私を苦しめた。私は会社の中をうろうろするばかりだった。パク・チュンに関して、確かに何かやり残したことがあるのに、それが何なのか、そして私が今、パク・チュンのために何をどうすべきなのか、思いつかない。しかし私はやはりパク・チュンを諦められなかった。何か彼のためにずっと考え続けていなければならない気がした。

ようやく一つ思いついた。トイレの紙で少しだけ読んだインタビュー記事を、最後まで読んでみたい。懐中電灯の記憶についてのパク・チュンの、より直接的な陳述が見たいし、前後の話も気になる。その懐中電灯が実際にパク・チュンにどれほど影響を与えているのかを、もっとはっきり知りたい。前後を読めば、そんな話が出てくるはずだ。私は雑用係の少年に伝言のメモを持たせて新聞社に送った。新聞社にいる友人が保管用のスクラップを送ってきた。私はすぐに記事を斜め読みし始めた。結論から言うと、私が新聞社に伝言を持っていかせたのは、やはり無駄ではなかった。記事はそれだけの価値があった。先にも言ったが、パク・チュンのインタビュー記事はもう二年ほど前に書かれたものだった。だからそこに陳述されているパク・チュンの言葉も、二年前のものであるのは言うまでもない。ところがその時パク・チュンは既に、その後に書かれる作品と自分の運命について、驚くべき予言をしていた。もちろんそれは予言のための予言ではない。良心的な作家であれば当然考えるはずの、作家としての自分の現実について率直な心境をのべているだけだ。おそらくそれは事実なのだろうが、それが予言になったのだ。今日のパク・チュンを考えれば、彼の言葉はあまりにも多くのことを暗示しており、現実に的中したことによって、その暗示が証明されているからだ。

作品の素材は主にどんなところから得ているのか、よく扱うテーマはどんなものを挙げることができるかなど、インタビューは最初、そういった極めて平凡な問いから始まっていた。しばらくすると話は、小説における作家の経験世界と想像力の関係といった、ちょっと理論的な所に移り、やがてパク・チュンの文学の立場が論じられ始めた。——文学における創作行為は大きく見て、より広い人間の領土を獲得し、既に獲得されている領土についてはこれを守り、その価値を繰り返し確認してゆくものだと言える。敢えて区分するなら、そこでも立場がちょっとずつ変わり得ると思う。しかし作家にとって、その文学的な立場はどちらでも関係がないようだ。ある人は前者の方法に自分の文学を奉仕させることができ、またある人は後者の方でそれを完成させてゆくこともできる。ある作家の文学がどちらから出発していようが、それは完全にその人の自由だ。

——それが作家の自由だとすると、それは時代的な要求や市民としての良心も超越してしまえるということか。

——そういう意味ではない。どの時代どの地域であるかを問わず、正直な作家であれば、自分の時代を危機の時代として受け入れるだろう。しかしそんな危機意識を持って自分の時代の問題を克服するための方法は、作家によっていくらでも異なり得る。もちろん主観的には、ある時代がすべての作家に特定の作業方法を要求する場合を想像することもできる。しかしたいていの場合、ある時代の圧力は作家にとって相対的なものであり、一律にそれを強制する基準を持つとは言えない。作家は自分の時代の要求を卑怯にも回避したりしないならば、それを誠実に克服するための方法を選択する権利がある。違うのはその方法だけだ。

——自分の話をしてくれ。あなたが選択している方法だ。

――それは危険な質問だ。

――どうして危険なのか。

――そんな質問はたいてい作家につまらない先入観や強迫を強要することになる。そんな質問は作家が自分自身の眼で正直に現実を見ることができないようにさせるだけだ。

――結局は話す自信がないということではないのか。

――非難されても仕方がない。作家とは、そもそも作品によって語る権利を得ている人だ。不誠実な言い方に聞こえるかもしれないが、こんなふうに作家に対して安易に言葉を求めるのは、その作家に作品を書かなくてもいいと言うに等しい。ほんとうの作家との話は、小説によってのみ可能だ。作家には、小説をして語らしめよ。そうでなければ、文学はうわさの中のうわさにしかならない。文学は少なくともうわさの中に生まれたもう一つのうわさになってはいけない。

問答は相当激しいものになりつつあった。反対に話はだんだん暗示性が濃くなっていた。ところが私の興味を引き出したのは、ここからだ。

――しかし作家は自分の小説について話すことができるではないか。

記者がまた尋ねた。するとパク・チュンはここで思いがけないところに話を持っていった。それがまさに二年後に彼の小説に再び現れる、そして先日私がトイレで一部分だけを読んだ、あの懐中電灯の話だった。

――でも作家の場合、わざわざ相手の正体を知る必要があるのか。正体が分かれば、場合によって違う内容の陳述をすることも可能だということか。

懐中電灯についての記憶と〈危険な質問〉についてのパク・チュンの説明が終わると、記者はまた問い詰めるような口調で聞く。パク・チュンの答えはいよいよ熱がこもり始める。

――とんでもない。作家はその懐中電灯の後ろに隠れている人の正体が何であれ、正直な自己陳述さえすればよいのだ。それが作家の良心というものではないか。ただ、僕にはもうその良心というものが、自分の意志とは関わりなく、守れなくなっている。懐中電灯が許さないからだ。懐中電灯が、どんなやり方にせよ、選択を要求するからだ。いや、僕には何らかの選択をする余地すらない。そんなことには気がつかないうちに僕はいつも誰かの側になっている。そして過酷な復讐を受ける。

――正直な陳述が常に復讐を受けるとは言えないのではないか。

――それがそうでもない。常に復讐が伴う。その懐中電灯は最初から復讐し、干渉するためにのみ存在するのだ。おそらく誰も、その懐中電灯の側になったことはないだろう。

――結局、作家は沈黙を守るしかないということか。

――そうできればいいのだろうが、沈黙を守ることはもっと難しい。作家は誰が何と言っても、絶えず陳述を続けなければ生き延びられない種類の人間だから。つらいことだが、作家は結局、その正体が見えない懐中電灯の恐怖に耐えながら、助かろうが助かるまいが、自分の陳述を続けてゆくしかない人たちだ。もしそれすらできなくなるなら、作家はおそらく永久に解消できない内面の陳述欲と、それを無残に挫折させる外部の圧力の間で狂わなければ、耐えられないだろう。

――最後にもう一つだけ聞きたい。あなたはさっきからしきりに懐中電灯の恐怖という言葉を使っている。そして今もその懐中電灯の干渉を受けていると言ったが、あなたの執筆作業と関連して、今あなたはどんなところでそれを感じているのか、それをもう少し具体的に語ってくれないか。

――語ることができる。それはうわさの中にある。

――実際には存在していないということか。

――実際にも存在しているはずだ。正体を明かさないために、うわさという衣装をまとっているに過ぎないのだろう。そうすることによって、いっそう効果的に我々に復讐することができるではないか。それに人々は元来そんなうわさを好むから、そのためにいつも分厚いうわさの壁を築いているのだ。


インタビューはそんなふうに終わっていた。もはや、ほんとうにすべてが明らかになりつつあった。パク・チュンが最後に懐中電灯の話を書いたのは、やはり偶然ではなかった。パク・チュンは、作家とは、正体が見えない懐中電灯の恐怖に耐えながら最後まで自分の陳述を続ける運命を背負った人たちだと言った。しかし過去二年間、パク・チュンはそんな覚悟すら守り通すことができなかったわけだ。彼の読者たち、すなわちアンや私、彼の小説を掲載しなかった狡猾な（または勇気がなさすぎたり、勇気がないふりをしたり、その勇気と関連して片意地を張った）編集者たちが、いやそれよりも彼の懐中電灯の後ろで最後まで正体を明かさないまま復讐だけを企んでいるすべての人たちが、彼らの口を通じて広まる正体不明のうわさが、それを守れなくさせたのだ。だから彼は自分の内面に溢れる陳述欲と、その陳述を妨害している懐中電灯の間でひどい葛藤と不安を感じ始めた。そして懐中電灯はその正体不明のうわさや葛藤を吸収しながら、彼の意識の中でとてつもなく大きくなっていった。あの懐中電灯は、まさに子供の頃から彼の中で密かに発芽を待っていた葛藤と不安の種だった。今や、その種が発芽し始めたのだ。そしてそれはパク・チュンの最後の小説の中で、作家に正直な陳述ができないよう妨害した要因の象徴として、立派に完成しようとしていた。彼は自分の小説の中で、一人の作家が自己陳述をする時にどれほどひどく干渉され、そのために無残な破局に至るかを、克明に証言してくれたのだ。彼があんな小説を書くようになったのは、ほとんど必然だった。

パク・チュンは二年前にそれを予感していたらしい。そしてすべてがそのとおりに進行した。パク・チュンが、自分の予言どおり狂ったように見えるほど、まったく自分のことを話そうとしなかったのも、実は誰よりもたくさん話したいという欲望を秘めていたからだろう。

しかし私にとって確実になったのは、そうしたパク・チュンの事情だけではなかった。同じように確かめられたことが、もう一つある。雑誌の仕事がつまらなくなった理由だ。原稿がなかなか集まらないことや、集まった原稿もどれ一つとしてぱっとしないことの理由が、ようやく明らかになった。懐中電灯のせいだ。パク・チュンを苦しめている懐中電灯はパク・チュン一人だけが持っているのではなかった。陳述を経験した人たちは、それが自発的であろうが誰かに強要されたものであろうが、あるいはわざとであろうが無意識であろうが、いくらかはあの懐中電灯の光に似たもので目の前を照らされたことがあるはずだ。誰もが自分の懐中電灯を持っている。そしてその懐中電灯はこちらが正直になろうとすればするほど、そして陳述が重ければ重いほど、いっそう不穏で恐ろしい光を浴びせかける。原稿がすんなりと集まるはずがなかった。簡単に集められる原稿は、あの懐中電灯の光を耐えようとしなかったものばかり。ろくなものがあるはずはない。そこまで分かると、私は一人で苦笑せずにはいられなかった。

——それなら……それなら、雑誌を作ることに、いったいどんな意味があるんだ。

ずっと前から、ポケットの中に辞表を入れていたのを思い出した。そしてようやく、私は自分がやみくもに辞表を書いて持ち歩いていた理由を知った。私にはもう、自分の陳述の道が閉ざされていたのだ。

退勤時間にはまだ一時間ほど早かったが、私は机をざっと片付けて会社を出た。キム博士が病院にいるうちに訪ねてみるつもりだった。キム博士は私が病院に寄るたびに、待ち構えていたかのようにいつも診察室に残ってはいた。しかしそのキム博士が今日も遅くまで病院にいるという保証はないから、早めに行く必要があった。今日こそは必ずキム博士に会って、決着をつけなければ。事情がはっきりした以上、パク・チュンをキム博士に預けておくことはできない。キム博士の信念は、もはや信用できなかった。パク・チュンをあんなふうに病院に置いておくより、いっそ私の下宿にでも連れて帰ったほうがましだろうと思えた。今度は自信があった。それだけでなく、パク・チュンを病院から連れ出しさえすれば、私は自分のやり方で彼を治せると信じていた。今、思いついたことだが、彼が二日目に私の下宿を訪ねたこと、そして昨夜、また同じような意向を示したことから、私はそう確信した。それはキム博士の信念や制度化された病院の治療法とは、何の関係もない。むしろそんなものとは正反対のことばかりだ。

私はすぐに病院に駆けつけた。だが、何ということだろう。まだ日も暮れないうちに病院に着いた私は思ってもみなかった事態に、愕然とした。パク・チュンのことが、最終段階に至って、またひどく脱線してしまった。予想どおり、キム博士はまだ病院にいた。ところがキム博士はこの日に限って私を見るなり、妙に口ごもった。

「今日もお越しになるだろうと思って、予め会社にお電話しようかと思ったのですが……」

彼らしくもなく、おずおずと話し出したのは、昨夜、パク・チュンがまた病院を逃げ出してしまったということだった。そしてキム博士はパク・チュンに関して、初めて自分の過失を認めた。

「仕方がなかったんです。患者が昨夜またひどい発作を起こしたものですから。朝起きてみると、病室がからっぽになっていました。結局は私と私の治療方針が、患者に敗北したわけですね。私の治療法が患者からこんなふうに拒絶されたのは初めてです」

キム博士は力なくぼやいた。パク・チュンに秘密を告白させる他の方法がなかったから、最後の非常手段を試してみた。しかしその最後の手段も功を奏さないまま、パク・

チュンが病院を出ていってしまったのだという。

「いったい先生が彼に使った最終手段とはどんなものだったんです」

私はパク・チュンが病院を出てしまったと知って、キム博士以上の虚脱状態に陥っていた。何も話したい気がせず、何も考えたくない。キム博士のことが、やたらに憎い。それでも私は聞かないわけにいかなかった。その最終手段については以前から気になることがたくさんあったのに、キム博士はいつも詳しく語ろうとはしなかった。果たしてキム博士は、すぐに顔色を変えた。何かひどく気まずいことを隠している人のように、しばらく私の顔色ばかり見ていた。しかしとうとう、沈黙によって返答を強要する私に勝てなかったらしい。

「いいでしょう。知りたいとおっしゃるなら、もう、お教えしても構いません」

決心したように、事実を告白し始めた。

「ある日の晩でした。いつか、停電事故で病院に騒ぎが起こったと申し上げたことがありますね。パク・チュン氏が突然発作を起こし、看護師に襲いかかった事件のことです。

私はその時偶然、患者が懐中電灯をひどく恐れているということを知りました。懐中電灯の前では彼がひどい恐怖を覚えて委縮してしまうということを。問題はまさにその点でした。どういうことかと言うと、私はその時、患者がひどい恐怖によって発作を起こすことさえ避ければ、最悪の場合、その懐中電灯で患者を完全に屈服させられると思ったのです。懐中電灯で患者をうまい具合に従順にさせ、秘密を告白させることができるだろうと。老兄からパク・チュンの小説の話を聞いて、いっそう確信を持ちました。主人公が常に懐中電灯の前で陳述を強制されていたという話のことです。私は自信を得ました。もちろんそれが最善の方法だとは思いませんでした。最後の非常手段だと言ったじゃないですか。他の方法で一生懸命、説得を試みました。でも昨夜は私としても、もうこれ以上我慢できなくて、最後の方法を試してみようと決心しました。彼の部屋の電気を消してから、点灯した懐中電灯を持って入り、彼の顔を照らしたんです。ところが……」

「ところが、彼はまた発作を起こして病院を飛び出してしまったというのですか」

私はそれ以上聞く必要がなかったから話をさえぎった。とんでもない話だ。もってのほかだ。私は怒りがこみ上げていた。しかしキム博士はまだ、私の怒りに気づいていないようだった。

「違います。懐中電灯のせいで発作を起こしたのは事実ですが、すぐに患者が病院を飛び出したのではありません。パク・チュン氏が病院を出たのは、私が彼を落ち着かせ、眠らせてから帰宅した後のことです」

私はいっそう腹を立てずにはいられなかった。

「先生は、そんなふうに陳述させることが彼の症状を改善するのに役立つと、まだ思っていたのですか」

乱暴に食ってかかった。私にはもう、キム博士が患者を治療する医師に見えなかった。彼は敵を屈服させようとする、頑固な意地っ張りに過ぎなかった。信念に溢れているように見えるけれど、実は極めて卑劣でけち臭い意地っ張りだ。キム博士も自分の行動に、いささか釈然としない部分があったのだろう。しばらく口を閉ざしていた。やがて博士は、いつまでもそうして黙ってもいられないと思ったらしい。

「もっとも、私も今度だけは過失を認めなければならない点が、なかったとは言えません。後になって疑いを持つようになったことではありますが、彼には、おそらく最初から精神分裂症が隠れていたようです。単純なノイローゼではなかったのでしょう。どうやら私が当初の判断を間違えていたようです」

突飛な弁明を始めた。キム博士によると、パク・チュンは初めから狂人だった。それを単純なノイローゼ患者として扱ったのが間違いだったと言うのだ。私はとうとう最小限の自制心すら失いつつあった。もう私にも、あのパク・チュンが単純なノイローゼ患者だとは思えなかった。彼の精神状態は、決して健康には見えない。しかし私は、キム博士が言うようにパク・チュンが最初から精神分裂症だったとは考えたくなかった。

「違います。パク・チュンが最初から狂人だったというのは、先生が間違っているのです。私の知る限り、少なくともパク・チュンは、初めてこの病院に来た時までは狂っていませんでした。先生がいつも自信を持って言われていたとおり、彼は最初から狂っていたのではありません。彼がほんとうに狂い始めたのは、ここに入院してからです」

私は思いつくまましゃべりちらした。自分勝手に断定するのも、ちっとも気にならなかった。できる限りキム博士を罵倒したい一心だった。

「パク・チュンをほんとうの狂人にしたのは、先生です。パク・チュンがこの病院に来る前から、懐中電灯に耐えがたい苦痛を受けていたのは事実です。しかしそれだからこそパク・チュンは、避難場所としてこの病院にやって来たのです。この病院の中で自分が狂人であると認定されることによって、懐中電灯や不安なうわさや、すべての世間の出来事から自分を解放したかったのですよ。それなのに、不幸にも彼が避難所だと思って訪ねた病院こそが、ほんとうの懐中電灯、いっそう恐ろしい懐中電灯の追及が待っている所だったのです。先生は、陳述したいという欲望が誰よりも強いために、かえって徹底的にその欲望を隠そうとしていた、隠さなければならなかったパク・チュンを理解できなかったのです。先生はその殺人的な使命感と自信によって、昨夜とうとうパク・チュンを狂わせてしまいました。他でもない、先生が」

「それはちょっと言い過ぎです。仮に私がそんな過ちを犯していたとしても、そんな言い方をしないでもいいでしょう。人間は、いくら誠実であろうとしても、試行錯誤をするものじゃないですか」

キム博士は黙っていられないというふうに話をさえぎった。彼は袋小路に追い詰められた人のように、開き直ろうとしていた。しかし私もまた、そんなキム博士に対する怒りを鎮めることができなくなっていた。

「試行錯誤ですって？　先生は最初から試行錯誤するつもりで、パク・チュンをあんなふうに扱ったというのですか。先生がそんなに簡単に口にした、その試行錯誤とかいうものの中で、パク・チュンという一人の人間の運命がどれほど無残に踏みにじられたか、想像したことがあるのですか」

「もちろん最初からそんなことを念頭に置いていたのではありません。しかし試行錯誤というものは、まったく無意味ではないでしょう。パク・チュン氏にとっては残念な結果になってしまったけれど、彼から得られた経験は、この病院のため、そして彼と同じような別の患者たちのために、たいへん有益に活用されるでしょうから」

それ以上、追及することができず、私は口を閉ざしてしまった。いったい、病院とは患者のための場所なのか。それとも患者が病院のために存在するのか。そして医者の誠実さというものは、いったい何なのだ。医者の誠実さは、もちろん一人の人間としての誠実さだけでは充分ではない。何よりそれは、一種の専門技術者としての誠実さから出発していて当然だ。しかし今、キム博士は何を主張しようとしているのだろう。あまりに図々しい。そんなキム博士の所にパク・チュンを連れ戻したのが、一番の過ちだった。パク・チュンが狂ったことには、キム博士だけでなく、パク・チュンをそんな人に預けた私の責任も大きい。それ以上、言うべき言葉が見つからなかった。

病院を出たのは、暗くなり始めた頃だ。病院の門を出てしまうと、私は急にすることがなくなった人のように虚しかった。胸の中から潮が一気に引いて、すべてが遠ざかっていった。

——パク・チュンはどこに行ったのだろう。病院を出て、行くあてがあったのだろうか。パク・チュンの行方が、少し気になっただけだ。だがパク・チュンに行く所があるのか、あったとすればそれがどんな所だろうかなどと、真剣に考えたのではない。漠然とした疑問が頭をかすめただけだ。何も考えたくなかったし、何か一つのことに思いを集中することもできなかった。胸は廃墟のごとく荒れ果てていた。下宿に帰る気はしない。帰るには少し早すぎる。下宿のある路地は、いつも真っ暗になってから酔っぱらって歩くことになっていた。いつしか私にはそんな習慣が身についていた。その道はまだそれほど暗くはなかった。まだ完全に日が暮れていないのを見て、私はようやくひどい渇きを覚えた。私は下宿の路地とは逆方向に歩き出した。通りに出て、飲み屋に入った。そして必死で喉を潤し始めた。少しずつ、少しずつ身体が潤ってきた。しかしそれだけではまだ満足できない。私は酒をあおり続けた。朦朧とするまで休みなく杯を空けた。明日のことなど、もうどうでもよかった。会社など、既に辞表をたたきつけた気になっていた。パク・チュンのことも、もう忘れたい。思い切り酔ってしまいたい。そんなふうに鯨飲して飲み屋を出た。それでもまだ気持ちが楽になっていない。まだ酔えない部分が残っていた。

——パク・チュンの奴、病院を出てどこに行くってんだ。

パク・チュンのことが、まだ頭を離れていなかった。未練のようなものがまだ心のどこかに残っている。酔っていたからだろう。しかしもう私は酔いが醒めても構わなかった。

——あいつ、ひょっとしたらまた俺を訪ねてくるかもしれないな。

かなり確信に満ちた期待を持ってみたりもした。パク・チュンに対するそんな期待が、しばらく後に下宿のある路地に入ってからは、次第になまなましい錯覚に変わっていった。

夜はもう十一時をだいぶ過ぎていた。それなのに、その十一時過ぎの路地に入ると、私はパク・チュンがどこからか襲いかかってくるような気がしてならなかった。

——お兄さん、僕を助けて下さい。僕は追われてるんです。どうか僕を……。

闇の中に、どこからかパク・チュンの声が響いてくるような気がした。私は注意深く路地を歩き、時々立ち止まっては闇の中を見回した。しかしそこには暗闇しかなかった。路地を抜け下宿の門の前に着いても、パク・チュンはついに現れなかった。誰かが私を追いかけてくる気配もない。通りを歩く人たちの足音が時折、静かな闇を貫いて路地のほうまで響いてくるだけだった。

（『文学と知性』一九七一年夏号）

訳者解説

作者について

韓国現代文学を代表する作家李清俊《イチョンジュン》は一九三九年、全羅南道《チョルラナムド》長興《チャンフン》に生まれた。子供の頃から、早逝した兄の蔵書を読んで小説に興味を持ち、小説の中の虚構を現実のように思いながら過ごした。ソウル大学ドイツ文学科を卒業した後、雑誌社に勤務したり、漢陽《ハニャン》大学などで教鞭を執ったりした時期もあったけれど、ほとんどの時間は執筆に費やしたようだ。

彼は一九六五年、『思想界』の新人文学賞を受賞した短篇「退院」を皮切りに、四十数年の間に多くの作品を発表している。長篇小説『あなたたちの天国』『低きところに臨みたまえ』『書かれざる自叙伝』『祝祭』『神話の時間』、小説集『星をお見せします』『うわさの壁』『自叙伝を書きましょう』『西便制《ソピョンジェ》』『花は散り川は流れ』『失われた言葉を求めて』などを出版したが、中でもハンセン病患者・快復者のための施設がある小鹿島《ソロクト》での実話を元にした長篇『あなたたちの天国』は、百数十刷を重ねるロングセラーとなった。

二〇〇三年にはヨルリムウォン版の全集がいったん完結し、さらに文学と知性社が二〇〇八年から二〇一七年にかけて中・短篇集十七巻、長篇小説十七巻、計三十四巻に百七十三篇の作品を収録した『李清俊全集』を刊行している。李清俊の作品世界は膨大で、小説の題材も多岐に及ぶが、朝鮮戦争や独裁政権、産業化が進む経済成長の時代に翻弄される人々を見つめ、人間とその言論の自由を抑圧する政治や社会の構造を象徴的な手法で描いたものが多い。後期作品は人間の内面に分け入って人間存在の本質を探究する傾向が強く、実存主義的と評された。

詩人高銀《コウン》がノーベル文学賞候補だと取沙汰されていた頃、韓国のある文芸評論家は静かに首を横に振り、「ノーベル文学賞にふさわしい作家がわが国にいるとすれば、李清俊以外にはあり得ない」と言い切った。李清俊は既に世を去っていてノーベル文学賞の対象にはなれなかったけれど。東仁文学賞、李箱文学賞、大韓民国文学芸術賞、大韓民国文学賞、怡山文学賞、二十一世紀文学賞、大山文学賞、仁村賞、湖巌賞などを受賞した作家は二〇〇八年、満六十八歳で肺がんにより死去した。葬儀は文人葬として行われ、死後に大韓民国金冠文化勲章が授与された。晩年、大河小説の構想を持っていたというから、長生きしていればまた新たな世界を示してくれただろう。

李清俊の小説は英語、フランス語、ドイツ語、中国語、スペイン語などに翻訳されており、日本ではこれまでに次のような作品が出ている。

金素雲訳「海辺の人たち」（『現代韓国文学選集』第四巻、冬樹社、一九七四）
長璋吉訳『書かれざる自叙伝』（『韓国文学名作選』泰流社、一九七八）
『韓国文芸』編集部訳「くちなしの花の香り」（古山高麗雄編『韓国現代文学十三人集』新潮社、一九八一）
長璋吉訳「仮睡」（大村益夫編『韓国短篇小説選』岩波書店、一九八八）
李銀沢訳『自由の門』（「韓国の現代文学」第一巻、柏書房、一九九二）
根本理恵訳『風の丘を越えて――西便制《ソピョンジェ》』（ハヤカワ文庫、一九九四）
文春琴訳『隠れた指　虫物語』（菁柿堂、二〇一〇）
姜信子訳『あなたたちの天国』（みすず書房、二〇一〇）
斎藤真理子訳「虫の話」（頭木弘樹編『絶望図書館――立ち直れそうもないとき、心に寄り添ってくれる十二の物語』（ちくま文庫、二〇一七）

斎藤真理子訳「テレビの受信料とパンツ」（頭木弘樹編『トラウマ文学館—ひどすぎるけど無視できない十二の物語』（ちくま文庫、二〇一九）

李清俊の小説を原作とした映画も少なくない。金洙容《キムスヨン》監督の『始発点』（一九六九、原作は短篇「ピョンシンと馬鹿」）を始めとして、青龍映画祭最優秀作品賞を受賞した鄭鎮宇《チョンジヌ》監督の『石花村《ソクァチョン》』（一九七二）、金綺泳《キムギヨン》監督の『異魚《イオ》島《ド》』（一九七七）、李長鎬《イチャンホ》監督の『低きところに臨みたまえ』（一九八一）などがある。林権沢《イムグォンテク》監督は『風の丘を越えて——西便制』（一九九三年公開。原作は一九七八年発表の連作「南道《ナムド》の人」）、『祝祭』（一九九六）、『千年鶴』（二〇〇六。原作は連作「南道の人」の中の「仙鶴洞《ソナクドン》の旅人」）を制作したが、中でも『風の丘を越えて——西便制』は韓国内で初めて百万人以上の観客を動員した大ヒット作となり、翌年には日本でも公開されて話題になった。李滄東《イチャンドン》監督が「虫の話」を元に製作した「シークレットサンシャイン（二〇〇七。原題『密陽《ミリャン》』）」

はカンヌ映画祭に出品され、チョン・ドヨンが主演女優賞を受賞している。ユン・ジョンチャン監督「私は幸せです」（二〇〇九）の原作は短篇「チョ・マンドク氏」だ。

「うわさの壁」

『うわさの壁』は『文学と知性』一九七一年夏号に発表され、翌年民音社から単行本として刊行された中篇小説で、作家の初期代表作だ。翻訳は二〇一一年に刊行された文学と知性社の『李清俊全集』第四巻初版を底本とした。この小説はきわめて文学性の高い作品でありながら、語り手である雑誌編集長と精神科の医師キム博士が競ってパク・チュンという男の正体を探る過程で徐々に謎が明かされていくという、推理小説的な趣向も凝らされている。

なお、この作品に登場する精神病院の院長キム博士は、精神障害を精神病と神経症に大別し、精神病を患っている患者のみを「狂っている」と表現している。かつて日本でも普通に使われていた、ノイローゼ、神経衰弱、ヒステリーといった症状は神経症に分類されるのだろうが、現在ではこのような分類の仕方はしないし、医学の現場では神経症という言葉すら使わなくなっているようだ。登場人物たちの認識は、あくまでもこの作品が書かれた当時の医学的常識に基づいているため、今の医学に照らせば間違ったものであることを了解していただきたい。

それはともかく、代表的な精神病の一つが、以前は精神分裂病と呼ばれていた統合失調症だ。日本の厚生労働省のウェブサイトによれば統合失調症は、原因は今のところ明らかではないが百人に一人弱がかかるほど頻度の高い病気だ。治療は心理社会的治療と薬物療法を併用する。幻覚や妄想があるほか、意欲が低下する、閉じこもりがちになる、考えがまとまらない、相手の話の内容がつかめず、周囲にうまく合わせられないなどの症状があり、生活に障害が現れるという。パク・チュンの、「僕、気違いなんです」という言葉は現代風に言えば、自分は統合失調症にかかっているという主張だろう。

作品の背景にあるのはいうまでもなく一九五〇年六月二十五日に勃発し、一九五三年七月に停戦した朝鮮戦争だ。北（朝鮮民主主義人民共和国）の人民軍と南（大韓民国）の国軍が、それぞれ中国軍や国連軍の支援を受けながら一進一退を繰り広げる間に膨大な数の避難民が発生し、社会のさまざまな伝統や常識が崩壊した。戦争前から智異山《チリサン》などの山岳地帯ではパルチザン（人民軍の遊撃隊）がゲリラ活動を展開しており、夜間に国軍の部隊や警察署、官公庁などを攻撃したり、地域の住民に協力を強要したりしていた。

そのようすを、元パルチザンの李泰《イテ》は次のように記している。

食糧補給闘争にもいくとおりかの要領があった。実際には、パルチザンの手が届くほどの山間の部落に食糧の備蓄があるはずはなく、多少でも余裕のある農家では食糧を平野部の大きな村落に疎開させるとか、家の近くの竹藪、あるいは穴を掘るなどして隠した。山間の部落民にとってそれは命綱だったから当然のことだが、パルチザンとて食べなければ生きていけなかったので、あらゆる手段を弄してそれを見つけ出した。(…)

名目はどうであれ行為は山賊のそれと変わらなかった(…)。よく、パルチザンと住民とは魚と水の関係であるべきだといわれた。民衆から見放されたいとは思わなかったが、命を永らえるためには「補給闘争」もやむをえないし、村人たちにすれば自分の物を強奪されてうれしかろうはずはない(…)

パルチザンがしたいほうだいにふるまって村から引き上げると、こんどは警察隊が乗りこんで来て、やれ飯を焚いてやったの食糧を提供したのといってなんくせをつけるものだから、どっちにころんでも善良な村民たちはつらい思いをするしかなかった。

（李泰『南部軍』、安宇植訳、平凡社、一九九一）

また、懐中電灯のエピソードには〈警察隊〉という言葉が登場する。韓国の雑誌『時事ジャーナル』二〇一八年六月十八日付「韓国戦争の忘れられた死〈警察青年団員たち〉」という記事によると、朝鮮戦争当時、「当時、警察は各市・道の警察局単位で戦闘警察隊を編成して戦争に加わった」という。これには警察官だけでなく、大韓愛国青年団などの反共団体に属する民間人も参加しており、彼らは地方の治安維持や、山岳地帯に潜むパルチザン討伐などに当たった。国軍に属する警察隊は、パルチザンに協力した人々に対しては、厳しい制裁を加えた。

懐中電灯の強烈な光の奥に潜んでいる人は、北のパルチザンなのか、南の警察隊なのかわからない。共産主義が何なのか資本主義が何なのか理解していない村人が、お前はどちらの味方なのかと二者択一を迫られる。答えを間違えれば命を失うかもしれない。一九三五年生まれの詩人申庚林《シンギョンニム》の「友よ　君の手に」という詩は、そうした時代の理不尽な死を、子供の視点から語っているように見える。「チャンドルの父ちゃんが死んだ日は大霜が降りた／桐の葉散り敷く油屋の外庭／薦《こも》で包んだ亡骸《なきがら》が片隅に転がり／彼の妻はその傍らで失神した／／チャンドルとぼくはコマを回した／怖くて帰れないから／日が暮れるまで米屋の庭でコマばかり回した」。

パク・チュンのエピソードが李清俊の実体験であるかどうかはわからないが、少なくとも当時、似たような出来事をいくつも見聞きしていたはずだ。実際、パク・チュンという人物には作家自身の姿を投影した部分が少なくない。李清俊は小説の連載を中断されたことがあるし、大学時代に寝る場所がなくて教室に忍び込んで寝たこともある。作中に挿入された「奇妙な癖」なども李清俊が実際に発表した作品だそうだ。

語り手である雑誌編集長は謎の男パク・チュンに執着し、その不可思議な行動の原因を調べる過程で、恐ろしい記憶に震え、挫折を繰り返しながらも語り続けるのが小説家の使命であり宿命だと信じているらしいパク・チュンに対して次第に共感を覚えるようになり、どうでもいいような文章ばかり掲載する雑誌の仕事に見切りをつける。ひょっとするとパク・チュンは、独裁政権下のさまざまな圧迫の中で恐怖に耐えながら書き続けた李清俊の、戯画化された自画像だったのかもしれない。

李清俊

イ・チョンジュン●一九三九年、全羅南道《チョルラナムド》長興《チャンフン》に生まれる。ソウル大学ドイツ文学科卒。一九六五年に短篇「退院」で『思想界』新人文学賞を受賞して以来、四十数年の間に長編小説『あなたたちの天国』『低きところに臨みたまえ』『書かれざる自叙伝』『祝祭』『神話の時間』、小説集『星をお見せします』『うわさの壁』『自叙伝を書きましょう』『西便制《ソピョンジェ》』『花は散り川は流れ』『失われた言葉を求めて』など多数の作品を出版した。朝鮮戦争や独裁政権、産業化が進む経済成長の時代に翻弄される人々を見つめつつ、自由を抑圧する社会の構造を象徴的な手法で描いたものが多い。後期には人間の本質を探究する傾向を強め、実存主義的と評された。東仁文学賞、李箱文学賞、大韓民国文学芸術賞、大韓民国文学賞、怡山文学賞、二十一世紀文学賞、大山文学賞、仁村賞、湖巌賞などを受賞。二〇〇八年、満六十八歳で肺がんにより死去した。葬儀は文人葬として行われ、死後に大韓民国金冠文化勲章が授与された。

吉川凪

よしかわ なぎ●大阪生まれ。仁荷大学国文科大学院で韓国近代文学専攻。文学博士。著書に『朝鮮最初のモダニスト鄭芝溶《チョンジヨン》』、『京城のダダ、東京のダダ——高漢容《コハニョン》と仲間たち』、訳書として『申庚林《シンギョンニム》詩選集 ラクダに乗って』、パク・ソンウォン『都市は何によってできているのか』、チョン・セラン『アンダー・サンダー・テンダー』、呉圭原《オギュウォン》詩選集『私の頭の中にまで入ってきた泥棒』、チョン・ソヨン『となりのヨンヒさん』、朴景利《パクキョンニ》『完全版 土地』、崔仁勲《チェイヌン》『広場』などがある。金英夏《キムヨンハ》『殺人者の記憶法』で第四回日本翻訳大賞受賞。

CUON韓国文学の名作 003

うわさの壁《かべ》

第一刷発行　2020年10月15日

著者　李清俊
訳者　吉川凪
編集　松尾亜紀子
ブックデザイン　大倉真一郎
DTP　安藤紫野
印刷所　大日本印刷株式会社

発行者　永田金司　金承福
発行所　株式会社クオン
〒101-0051
東京都千代田区神田神保町1-7-3 三光堂ビル3階
電話　03-5244-5426
FAX　03-5244-5428
URL　http://cuon.jp/

ISBN 978-4-910214-12-2 C0097

「CUON韓国文学の名作」はその時代の社会の姿や
人間の根源的な欲望、絶望、希望を描いた
20世紀の名作を紹介するシリーズです
